Qianzhongshu de Weicheng

钱锺书的围城

栾贵明 著

团结出版社

图书在版编目（CIP）数据

钱锺书的围城 / 栾贵明著 . -- 北京：团结出版社，2023.7

ISBN 978-7-5126-9640-2

Ⅰ.①钱… Ⅱ.①栾… Ⅲ.①钱钟书（1910-1998）－文学研究 Ⅳ.① I206.7

中国版本图书馆 CIP 数据核字 (2022) 第 169325 号

出　版：	团结出版社
	（北京市东城区东皇城根南街 84 号　邮编：100006）
电　话：	（010）65228880　65244790（出版社）
	（010）65238766　85113874　65133603（发行部）
	（010）65133603（邮购）
网　址：	http://www.tjpress.com
E-mail：	zb65244790@vip.163.com
	tjcbsfxb@163.com（发行部邮购）
经　销：	全国新华书店
印　装：	三河市东方印刷有限公司
开　本：	146mm×210mm　32 开
印　张：	9
字　数：	183 千字
版　次：	2023 年 7 月　第 1 版
印　次：	2023 年 7 月　第 1 次印刷
书　号：	978-7-5126-9640-2
定　价：	48.00 元
	（版权所属，盗版必究）

钱锺书先生(1910-1998)
(邓伟 摄)

钱锺书先生（20世纪40年代）

钱锺书先生（20 世纪 70 年代）

钱锺书先生（20世纪90年代）

钱锺书先生在书案前

钱锺书先生与杨绛先生在工作中

钱锺书先生与栾贵明先生

钱锺书先生与栾贵明先生（左）、纪红先生（中）
（田奕摄于1991年）

目录

写在前面的话（张世林） 1

第一部分 小说逸语 1

 一、开头 2

 二、选字和构词 5

 三、引语 19

 四、造句和成章 28

 五、学术、艺术及其他 40

 六、奇思妙想和人物素描 48

 七、主题（上） 59

 八、主题（下） 68

 九、余话（上） 83

 十、余话（下） 104

第二部分 附：请评集 117

 一、读《小说逸语》（陆文虎） 118

 二、胜解的意义（范业强） 122

 三、知人论文——读《小说逸语》（蔡田明） 131

四、抉发《围城》之谜,抒写感恩之心（杭起义） 136

五、解人解语（张建术） 145

六、中国古典文献数字化追梦人（夏旸） 150

第三部分　伴山随笔 155

一、他的一生充满侠肝义胆 156

二、夫唱妇随 165

三、大师的身影 176

四、移位颂词 184

五、《管锥编》密码 195

六、刀光剑影里的素交 205

　（一）初始久谊 206

　（二）好诗如镜 209

　（三）酬答事纪 210

　（四）唱酬之美 212

　（五）刀光剑影 214

　（六）激流抉择 220

　（七）赤诚之心 222

　（八）总记深情 224

　（九）艺术凝固 226

七、铭心刻骨却短暂的诤友 230

八、侍读札记 236

    （一）钱锺书和《管锥编》 239

    （二）钱锺书和《全上古三代秦汉三国六朝文》 245

    （三）钱锺书和《宋诗选注》 247

    （四）钱锺书和《宋诗纪事》 250

    （五）钱锺书和《宋诗纪事续补》 252

    （六）钱锺书和《四库全书》 262

    （七）钱锺书和《四库辑本别集拾遗》 264

    （八）钱锺书和《老子集》 266

写在前面的话

张世林

《小说逸语——钱锺书〈围城〉九段》已更名为《钱锺书的围城》,即将由团结出版社重新出版。这对广大"钱迷"和《围城》的读者来说,是一件大好事。《小说逸语》本是栾先生的大著《大书出世》中的九章。《大书出世》是作者在接受钱锺书先生倡建的"中国古典数字工程"任务接近完成的那几年内,利用业余时间断断续续撰写的。作为《管锥编》的背景内容,他是想把他知晓的钱先生创作小说《围城》和大书《管锥编》期间发生的真实事件一一予以披露,一方面以正视听,另一方面又为"钱学"研究提供大量可信的一手资料。当时,《大书出世》还没有完成,我就其方便,先读了其中九章。读过之后,我认为用两个书名相互照应,单独出版,可以更及时也更好地解读《围城》,进而促进《大书出世》的完稿,栾先生同意了。于是《小说逸语》在2017年先由香港的天地图书推出繁体字版,次年又由新世界出版社出版了简体字版(2019年曾加印),两地的印数相加不超过一万,这对广大"钱迷"和《围城》的读者来说只是杯水车薪，根本无法满足他们的需求。恰在这时，团结出版社的同行听到这一情况，立即决定更名重出，实乃"钱迷"们的福音！

这本书篇幅不长，只有七万字，但确系迄今为止，能够解密《围城》的最重要亦最关键的一本书。自《围城》面世以来，获得各界读者的广泛关注和好评，相关的研究文章和专著更是不胜枚举，但都是写作者自己的观点，很少能引述钱先生的具体意见。这是因为钱先生除了是作家，还有一个重要的身份是学者。小说一创作完成他就专心于研究学术了，他无暇也不愿意对自己的小说多加评论，而是希望读者认真地看。当然了，他肯定会有自己的一些看法，特别是在《围城》火热地引发了各种议论之后。但他是一个严谨的学者，更是惜时如金，不会随意谈论。何况，一般人联系不上他，能联系上他的人未必会提出这样的问题，他也未必想回答这个问题。只有一个人，这个人不仅时常陪在他的身边，还坚持不懈地向他提出这样的问题，于是他松口了，谈了一些自己的看法。这个人很有心，把它们都一一记录下来，于是便有了这部《钱锺书的围城》。这个人就是该书的作者——栾贵明。只有他能得到这些第一手资料，能写出这样一部重要的全面解密《围城》的大作。为什么只有他能做到呢？

当他还在上中学的时候，就看到一位长辈有小说《围城》，人家说小孩子不可以读。后来考入北大中文系，才陆续读到了钱先生的一些文艺作品，特别是《宋诗选注》一书。他很快就被这些作品中深邃的思想、渊博的学识、幽默的语言和独具的文采征服了。从那时起,他就成了钱先生的忠实读者,幻想今后能有机会请教先生。命运对他十分青睐,大学毕业后,他被分到了学部文学所,他向另一位老师借来了"禁书"《围城》,一天一夜读完。他不禁一生感谢那位老师和强迫性的"分配制度",因为钱先生就在该所工作。那一年是1964年,也就是从这一年开始,直到1998年钱先生辞世,在长达三十多年的时间里,他一直追随先生左右,成为先生唯一的亲密无间的助手,帮助先生处理工作、学习、生活中各式各样的问题,照顾先生的生活起居,完成先生交给他的学术课题。几十年如一日,他们建立起了深厚的情谊。正应了那句老话——信有师徒如父子!正因为这种关系,栾先生才可以在不同的时间和不同的场合请教先生这些问题。钱先生才会或提纲挈领、或深思熟虑、或不经意间说出自己的一些看法。有时也会写一些字条交给他。而作为有心人,栾先生便把这些谈话的内容追记下来,把字条都收藏好。如今在不断的重温和整理后,他把这些无比珍贵的内容整理成文字,首次披露给广大读者,使我们第一次领略到《围城》作者的夫子自道,这对于正确解读《围城》和推动"钱学"的深入研究帮助极大。下面我们就来看一下栾先生在书中记述的钱先生的意见:

一是《围城》是"我一个字一个字写出来的"。钱先生一直认为,用中文作文章,一定要以字为基本单位,再一字一句地构成大块文章。只有字字仔细推敲,才能把文章写得生龙活虎。外国语则完全不同，它是以词为单位，根本没有"字"这层台阶。通过这样的揭示，我们马上可以联想到读《围城》的第一个感受：小说中的那些新奇、精妙、过目难忘的用字。如"阿福不顾坟起的脸"的"坟"字；"嫩阴天"的"嫩"字。钱先生还在书中化用成语，如"举碗齐眉""万目睽睽""离亲叛众"等。因为钱先生不赞成成语一成不变，主张因时因地而化用。这样用心地遣词造句，不仅使小说更加精练、准确、独特，且给读者留下深刻的印象。

二是《围城》的主题到底是什么。栾先生在书中说："合上气象万千的《围城》，每位读者必会深思良久。……《围城》究竟写的是什么？要表达的思想和主题又是什么？"在他的无数次追问下，钱先生终于开口了："《围城》是写人的，也可以说是在人生舞台写人，台子可能大到无边，也可能小到眼前。……我立意写的应该就是人，不单单是中国人，更不是留洋回来的知识分子。我一再说，我是在写人，大一点说是写世界人类的困苦。"在这里钱先生已经揭示了小说的主题。其实，作者自己最最精确的回答，又往往被读者和研究者所忽略的，应该是印在《围城》书首《序》下面的一段从不被人重视的文字："在这本书里，我想写现代中国某一部分社会、某一类人物。写这类人，我没忘记他们是人类，只是人类，具有无毛两足动物的基本根性。"这正是小说所写的主要内容和主题。

三是"我三十多岁写小说《围城》，想用小说原本技巧，打败小说"。钱先生的这一想法，要不是栾先生披露出来，我相信《围城》的广大读者和研究者,都不会想到,更谈不上有什么心得体会了吧。"用小说打败小说",这指的是什么呢?栾先生在书中写道:"《围城》以思想作为核心,简直可以直截了当地将其称作独一无二的'思想小说'。思索、分析,以及文字描述是《围城》创作的基本方法。情节和人物不是不要,而是使其处于下游从属位置。因此,《围城》从诞生之日起,要么受到规矩人的误解,要么会招来嫉妒者的攻讦。我曾猜测,这是钱锺书先生要'用小说打败小说'的代价。近百年来,白话小说、文言小说、笔记小说、章回小说、言情小说,甚至恐怖小说、魔幻小说,均可大行岁月,唯独最最难作成的思想小说没人写。能写得尽善尽美,反遭诟病,《围城》代价是不是有点大?""钱先生所说《围城》是部小说,它是用来打(倒)小说的。重思想,轻人物,更轻情节是战胜一般小说的代价,或者说是必要的方法、高明的手段、天才的技巧。至于说生动鲜活的文字语言,我们已经列举许多,可谓武器精良,岂有不胜之理哉。"栾先生的这两段话告诉我们:《围城》是一部独一无二的"思想小说",它要反映的是整个人类所面临的一种困境。这部小说从立意讲不同于上述的那些小说,从写作手法上看也是不同的。栾先生认为这样做的代价很大,却能触摸到钱先生创作的真实思想。也可以说,栾先生披露了钱先生的这一说法,实际上是给广大"钱迷"和《围城》的研究者提供了新思路、新选题。这本身就是一大贡献!

书中还有许多有趣的事件,如钱先生是如何看待诺贝尔奖的？他为什么婉拒诺贝尔奖评委马悦然？钱先生为什么会同意拍电视剧《围城》？和电视剧《西游记》比，他会选择看哪一部？书中都有真实的记述，令人读罢或颠覆认知，深感震撼；或忍俊不禁，发现一个全新的钱锺书。

总之，栾先生的这部小书，不仅解密了《围城》，给它的读者和研究人员带去了福音，还为还原一个作为"作家学者"的钱先生提供了真实可信的第一手资料。相信读了这本书的人会认同我的看法的。于是写了上面的话，以期引出精金美玉来。

第一部分　小说逸语

一、开头

  我已写好《大书出世——钱锺书〈管锥编〉真相》，记述大书《管锥编》如何面世。我心知肚明，一旦涉及钱先生的著作，绝不可能跨越声名显赫的小说《围城》。我对先生有诺在先，但又有先生命我笔记之嘱在后，故择可道者简约书之，名曰《小说逸语》，以视听异趣应对，亦为通融之举也。

  三十余年来，我追随钱锺书先生，先生从不长篇大论地讲《围城》，但我有机会听到他自己的偶尔辩辞。说者漫心随意，在下留神注重，谈笑聚沙成塔，记载颇丰，竟意外地补足了我的生不逢时。1945年春，钱先生送别敬重的长辈徐森玉去四川，有《徐森玉丈【鸿宝】间道入蜀话别》一诗云："送远自崖返，登高隔陇看。围城轻托命，转赚祝平安。"说轻却不轻，《围城》

可以"托命",恰恰道出正处于创作期的《围城》的分量。据此可证,关于作家自己作品的画外音并不可等闲视之。在那些有如碎琼乱玉的零言杂语里,往往包含着小说"主题"及"写作方法"等要件,大多又是文学研究者和读者所不解、所关切之问。鄙人不敢得而专有,早当贡献研究参考也。今以"九段"之形式奉呈,则不宜先入为主,效曹氏友人夸赞钱锺书诗句"读尽人间未见书",一切看后再议。在此特予申明。

谈论《围城》的话题,需要紧扣文本,以便充分展示其文学本质,才能使我们读懂这部有些特殊的作品。行文直引精文妙语,读者应该不会嫌其重复,且可免除翻检原书之累。重读的享受,定能汇集读者最公允的评论。

钱先生自己说起《围城》,有两句普通的话令我琢磨多年,念想不忘。

第一句,《围城》是他"一个字一个字写出来的";第二句,"我三十多岁写小说《围城》,想用小说原本技巧,打败小说"。

我多次听到过他用不同的语气说这两句话,比如"《围城》的字""小说打败小说"等,都是压缩版本。说这些话时,让听者觉得有时他是在回忆,有时又好像在对比,还有时似乎带着淡淡的自得。当然,多数人会以为那是一种谦逊之语,甚至干脆就是搪塞敷衍之词。20世纪80年代初,《围城》再度先后于大陆和台湾面世。我仔细地读过数次之后,终于明白,那是两句实实在在的真话。

先让我们说第一句。《围城》文本形成的工序,与先生教人写文章的方法一致,包括:一选字,二构词,三引语,四造句,五成章诸步骤。《围城》显然是用极其精致的手工一字一字编织而成。

二、选字和构词

既然钱先生说到"字",让我们就从"字"说起。

据统计,《围城》共使用不重复的汉字 3317 个。就使用汉字数论,多于唐朝因用字冷僻被戏称为"诗鬼"李贺的 2629 字,而和李白的 3373 字、杜牧的 3130 字相当。比起我国 1993 年 8 月 1 日修正公布的《扫除文盲工作条例》第七条"个人脱盲的标准是:农民识一千五百字,企业和事业单位职工、城镇居民识两千个汉字"的标准,《围城》更是超出许多。谁也不能说农民不能读《围城》,只是少有罢了;至于要读懂读通,似乎不止和认识汉字的总数相关,所以不必把起点定高。一目十行不可取,还是一字一句来读吧。

21 世纪第一年第一个月,北京三联书店出版了繁体字版的

《围城》,而没有采取全集使用繁、简两种字体的方式,保留了从字探索《围城》文本的可能。

话说方鸿渐的同事张吉民,有个"不惜工本"养育十八年的独生女儿。他相中鸿渐做女婿,邀其赴张府候选。经过充分的家境、资历调查分析,女方都很满意。可是方少爷心中另有所属,不得不应付舆情和金主周行长的小算盘,于是作者先为其预设了计划"购买皮大衣""看古董估值"两件事;而后与小姐相见,才弄明白她好似名叫"你我他"。钱先生顺手为考据家留下一个无解难题的同时,设计在书架上放一本烫金的题为《怎样获得丈夫而且守住他》的蓝色封面小书。经一连串铺平垫稳之后,饭桌一坐,鸿渐有了表演计较斤两的机会,以求为对方制造出自己被拒的理由,从而构成双方都可接受的结论:他们"没有'举碗齐眉'的缘分"(第52页。本文所注页数,均为2001年三联本《围城》,以下不再注出)。

选一个"碗"字,引申为饭碗,一字扭转了"举案齐眉"的庄雅风致,从内心算计到形式逻辑均予以妥帖安置,构成幽默冷喜剧的艺术境界。钱锺书先生在这里一举推翻了语言学家把成语定义为"定型词组或短句"的主观构想(参见《现代汉语词典》,第6版第166页)。作者选字之苦心可见一斑。

其他字如"阿福不顾坟起的脸"(第204页)的"坟"字,"嫩阴天"(第75页)的"嫩"字,"万目睽睽"(第164页)的"万"字,都是作者精心立足"形""音""义"三要素——炼出汉字的例子。事实证明,钱氏炼字的高难度,往往表现在普通字里，很少请冷僻字帮忙。

钱先生一直认为，用中文作文章，一定要以字为基本单位，再一字一句地构成大块文章。只有字字仔细推敲，才能把文章写得生龙活虎。外国语则完全不同，它是以词为单位，根本没有"字"这层台阶。如果我们从今而后，为文一定要以词典上能查得到的词汇为限，肯定作不出算得上好的文章。一切汉语词典均是汉语字典的下游。实际上为了补救"词典"先天缺陷，将其称作"字词典"较为妥当，但基于为实现商业利益，出版可能难以成行。

钱锺书先生有一个著名学术结论，他说，写文章作诗"讲究'炼字'，是一个悠久的传统"。他同时引黄庭坚所说"安排一字有神"，卢延让诗"吟安一个字，捻断数茎须"，无名氏诗"一个字未稳，数宵心不闲"等（见《钱锺书论学文选》第4册第386页）以证。"一个字一个字写出来的"，大约只有钱锺书说到做到。当然，他也经常指出许多"一个字"也害人不浅。比如一个"的"字，文言中只有"目标"一解，无其他用处。白话一兴，诗文里漫天飞舞全是"的"，连歌词都已泛滥成灾，可不能轻视它的能量。

文化是国家产生、成长、发展和繁盛的关键性元素。其他条件还有自然环境、历史传统、政治沿革、民族习俗、宗教信仰等，它们和文化同样重要。而语言和文字则是文化里可闻可见之核心纽带。钱锺书先生认为，如果有人企图消灭一个国家，分裂一个民族，其基本方法之一便是毁坏消融其文化。特别需要针对那些精彩表达的繁复方式，用趋易和拯救为诱饵，饰以进步、改革甚至革命名义，予以阉割甚至扼杀。而巩固、发展文化只能依赖文化自身。一个字，一节音，就是文化基因。钱先生说："字斟句酌，《围城》初稿完成，日本投降，《文艺复兴》主编郑振铎、李健吾抢着发表，大家都高兴。"

《围城》在精到选字之后，便展示着种种绝妙构词。

我们翻开《围城》的首页，令人耳目一新的词儿扑面而来："开驶""红消醉醒""睡人""兵戈之象""湿意""坐立""炎风""盐霜""晒萎""烘懒"（以上第1页）。我们再向下随意翻检："远到之器"（第10页）、"极边尽限""冒昧越分"（以上第93页）、"朝参"（第98页）、"恩意"（第118页）、"遮饰"（第119页）、"显敞"（第272页）。以上共十七条，可作为我们随机所选例词。

汉语词以字为基础，构词成型既相对稳定又非常随适，中文的构词异化现象应视为通例。人类的思想如果反被旧有词汇禁锢，便会妨碍文化进步和发展。

记得20世纪60年代下放到学部干校之初，我曾亲见丁声树先生和钱锺书先生一起烧小锅炉，我还奇怪。原来负责烧火的军头吴晓铃先生，那天不知怎么不在位，顶工替班者竟成了丁先生。丁、钱二位先生配合十分默契，蹲在那里一边劳作，一边探讨问题，交谈得非常欢畅，好似一幅凄美的图画。他们似乎并不理会泄漏的煤烟和乱倒的剩水，小锅炉是一块"福地"，离开了，便会有严格的"纪律"，还有许多凶猛的批判和不屑的鄙夷。我虽身强力壮,却不能帮他们提上一桶水,倾倒一筐煤灰,只剩下揩油旁听的专利权,原因是我戴着一顶"等候从严"的帽子。当时,干校茶炉棚小,茶炉也小,水要一桶一桶加,烧水技术需要一步步熟练。打开水者随来随往,行驻不一,舆论自然起起落落,压力和温情并存,绝不同于大大小小的批斗会,曾有一位中年"五七"战士为此还写诗记录。天气逐渐大冷,此前数天为节省煤炭,领导决定开始要挑拣煤渣,由钱先生担纲。不料先生一上场,赤手操作,手指血流,惨不忍睹。我看着那座煤渣小山,忍不住帮忙,先生却坚拒不允。我只能退而求其次,立刻在行李中找来皮手套,先生不要,便强迫他戴上,并说:"不听话,我真要胡闹了。"二位先生还曾为"胡闹"一词的古往今来讨论过一番,非常精彩。后来我采取"脚踩法",很不容易被人发现"违纪";后来先生只拣不敲,也省了一点力气。

先生们谈论多涉《现代汉语词典》的编纂体例和例句问题。钱先生曾明确说过以下两点:第一点,汉语不应追随西语。汉语词汇是无尽的,灵活使用汉字是基本功,编词典只能显示"过去"和"他人",不能限止"将来"和"自己";第二点,所谓"词典"只是用字组成词汇的偶然结果,形式一定经常会被修订,在词典上应该表明更改内容及修正人姓名,以示源流及责任。

在"文革"结束之后,《现代汉语词典》正式出版,我从未见钱先生使用过。但有一次钱先生突然对我说,《现代汉语词典》开始署名了，为什么没有丁声树先生？你为什么不去做证啦？不久我见到语言所的单耀海先生，向他转述了钱先生的意见，单先生答应下次付印时一定不会忘记丁先生。后来，果真以单页形式置丁先生于吕叔湘先生名下了。单先生送来一本样书，命我转呈钱先生，先生命我留下，夸赞了单先生。

现在，我们把上列随机由《围城》起始页抽出的十七个词，一一查检于目前在法庭上多次引以为证的《现代汉语词典》，结果除"盐霜"涉及"化工"词类之外，尚有"坐立"和"冒昧"二词与《围城》之词仅"局部"相同，就词典来说算不上查到。因此可以得出结论：有十六个词没有查到，命中率仅有百分之五。当然谁也不会说《围城》违法，只能说明"现代词学"尚需深入研究。而汉语理论水平，对现代科技，特别是对电脑中文理解所推动的"人工知能"项目（编者注：按通行说法应为"人工智能"，但下文作者解释了"人工知能"一词的缘由，故此处保留该说法。）至关重要。这里我应该开一个小差，"人工智能"一词出现，钱先生问我，为什么用"智"字，那是人所独有的呀。机械发展，有时能力过人，完全可能，但万不会达到使用"智"字的水平。如果说"智"已实现，就是吹牛。吹牛是人性，机械就玩不来。先生在评价推介"中国古典数字工程"时就用"知"字，后来别人误会，还特意让我写文替先生澄清。

其中有一段：

钱锺书致社科院副秘书长杨润时的信

作为一个对《全唐诗》有兴趣的人，我经常感到寻检词句的困难，对于这个成果提供的绝大便利，更有由衷地欣悦。这是人工知能在中国古典文学研究上的重要贡献。

下面再让我们说几句与字和词相关的题外话。经验告诉我们，"现代词学"不能高居于"汉语字学"之上。不知有字，哪里有词？词既广博又灵动，绝不如使用汉字深邃而稳定。多年来，词典兴，字典衰，表明了学界、商界的共同看法。照此下去，新科技人工知能还必须走西文洋路，做二等公民，低头花银子，想开了也习惯，算不得事。问题是我们放弃汉字所独有的无与伦比的理解力，太可惜了。钱锺书先生在这一点上为中国人做出榜样。现在照样走，不算晚。百分之五这个事实说明，使用《词典》写小说，似乎写不出先生那样的作品。换个说法："假设钱先生使用《词典》，会把《围城》写得更好"，恐怕没有读者会支持这个有违常识的说法。

我们知道，创造一个词，应该说不是一件容易的事情。小说《围城》中，起码有三个重量级词汇是应记在钱先生功劳簿上的。

首先该是"电视"一词。在《围城》中，"电话"一词使用八十三次，"汽车"六十四次，"电报"三十二次，"电影"二十二次，还有"电车""电灯""火车""冰箱"，全部应属于作者不熟悉的对象。而"电视"一词出现过两次。它出现得既不平也不凡，故作者在小说《围城》中，不惜笔墨，让主人公方鸿渐出场详细描述其词意：

> 方鸿渐说："还有电话来，真讨厌！亏得'电视'没普遍利用，否则更不得了，你在澡盆里、被窝里都有人来窥看了。教育愈普遍，而写信的人愈少；并非商业上的要务，大家还是怕写信，宁可打电话。我想这因为写信容易出丑，地位很高，讲话很体面的人往往笔动不来。可是，电话可以省掉面目可憎者的拜访、文理不通者的写信，也算是个功德无量的发明。"（第80页）

> 方鸿渐这时候亏得通的是电话而不是电视，否则他脸上的快乐跟他声音的惶怕相映成趣，准会使苏小姐猜疑。（第95页）

两次引用，都值得我们注意，第一次用引号把电视括起来，表明作者的严谨态度，起码有试用的意思吧。第二次便用得坦坦荡荡，毫不犹豫。今天我们读起"电视"来，特别是电视、电话二者结合的描述或者干脆称为"设计"。从纯技术层面说，钱锺书先生的预言会令人大为震惊。谁都知道，直到十多年后的北京，才有了中国第一台自己组装的黑白电视机。1946 年《围城》开始在《文艺复兴》杂志上连载，那时美国可能已有"TV"一词，正等着中国人花费大额资金来享受它，但那个制造"TV"的商人绝不会为中国人起一个"电视"的好名称。据一位友人称，他曾在 1933 年 6 月出版的《现代语词典》一书中看到"电视术"一词，注云"见电传真"，显然是指"新闻通讯"的旧词更新。到了 1937 年 6 月，新亚书店所编《自然科学辞典》则认为该词和"有声电影"无异。显然《围城》作者预见到该技术一定会走进人们的生活，故早早将其写进小说里。

此种状况正如 1984 年钱锺书先生让我搭乘计算机研究古典的远见卓识一样。那时社科院曾为新成立的室名争论不休，钱先生赞成"电脑"这个名字，但也有人不同意，一切行走公文只用"计算机"称之。钱先生颇不以为然，认为"电脑"比较恰当，说它人性化，更不能因中国台湾地区采用过我们就非得用"计算机"，因此随手便拿了一位客人的名片写了英文的室名。但他强调"Data"（即"数据"）的重要地位，这实际上也是三十多年来我们工作的指导原则。

另一个广泛接受的词则是"围城"本身。它的著作权和专有权都毫无疑问属于钱锺书，而其词汇的内涵和外延都不太明

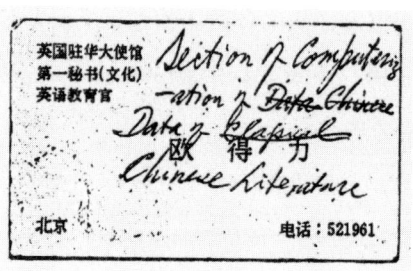

英文名片

确,需要在《围城》中找。最通行的是用"逃出来"和"冲进去"表述,应该说是准确的文学性概括,同时充满着中华文化模糊含蓄的特征。严格来说,关于这本小说的概括应限制为"出不来"和"进不去"才生动精确,完全与作者所立标题相关。《围城》一书,随着多语种译本出版,总印量已接近千万。"围城"一词,已经真正走向了世界,它带着厚重辉煌的中国文化特质,屹立于人类文学高峰之上。

关于"围城",作者除引用一位西人观点外,并没作深入解释。"围城"按照字面逻辑推演,可以有以"围"字为中心的衍词"围家""围墙""围国"之类,也可以有以"城"字为中心的泛语"筑城""守城""攻城",甚至似可与"拆城""迁城"相涉。从古文字发展来说,"围城"的字义和词源,都不可能离开人类文明发展而演变。人类设计了城,人类也构筑了城,城为人所依赖——包围着自己。保护、利用、禁闭、囚困,相互辅佐制约。

"围城"一词作为一本小说之书名,用处一变,语义内涵和外延自然产生很多变化。这种变化以至于凝固过程，都属于小说作者思想劳作的成果，全部作品都为那个书名词语的塑造成型出力。

"围城"不同于"电视"，古已有之。经查，在钱先生力主建设的"中国古典数字工程"的"古典库"中，该词出现频率数在百次之上，是一个普通的军事类词汇。

战国时期的《吴子·应变第五》有"凡攻敌围城之道"；《商君书·兵守第十二》有"此谓以生人力与客死力战，皆曰围城之患"；《墨子》卷十三有"凡守围城之法，厚以高，壕池深以广"；汉武帝刘彻《元封二年诏》有"今两将围城"；息夫躬《疏》有"卒有强弩围城，长戟指阙"；冯异《遗李轶书》有"严兵围城"，都是较早的用法。其中最早的当推《汉书》所引《孙子兵法》异文。大致从唐代开始，增新了用法，如"于围城得出"（姚思廉《梁书》卷四十一）；如"以报围城之役"（脱脱《辽史》卷八十三）；如宋吕本中《兵乱后自嬉杂诗》第二十四首："君父围城内，忽逾三月期"；赵鼎《泊白鹭洲时辛道宗兵溃犯金陵境上金陵守不得入》其一："时时心折梦围城，南来客枕能安否"；曾敏行《独醒杂志》卷八："其人归自太原围城中。"还有的径直成了一个地名，如唐人《成公夫人墓碑》："夫人姓成公，滑州围城人也。"诸多用法，并无钱先生使用之情况。事实证明，最早出现的地方为"中国古典数字工程"编就的"万人集"、由新世界出版社正式出版的《孙子集》线装本卷一第二十页，书影如下：

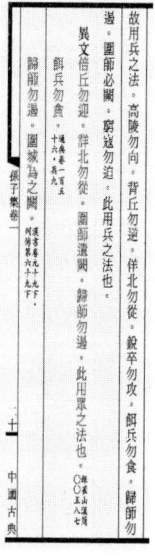

《孙子集》书影

"围城"被钱先生选作小说的书名,充分展示了人类文化繁花似锦以及令人迷茫、无奈和混沌的现实。它既能让人平静安心,同时又令人痛苦郁闷。它能使大家习以为常,又会在顷刻间令人狂怒不已,甚至以死相争。《围城》展现在表面淡雅里的幽默,而内心却掩饰着不可抑制的懑怨。

钱先生下手轻轻的两个字,按作者的本意,推演到小说最后二十一字钢铁般的定义上:"包含对人生的讽刺和感伤,深于一切语言,一切啼笑。"

显然,"围城"不是一个小的词汇,更不只是个小说的题目。它会被人们永记不忘。这种词义的转换,实际上比起创造一个词汇的难度更大。我们已经大致证明,一个起点和新定义词语的确立,绝非凡人所能为。

据我所知,出现在三联版《围城》第396页的"精神文明"一词,钱锺书也担得起"超前使用"的评价。20世纪80年代中期,国家曾组织外文局等外事部门讨论此词的译法,曾邀钱先生参加。始料不及,他反对正面地使用该词。会后我曾向他说起,这个词在《围城》中有。他说:"我知道,那正是不能正面使用的例证。"方鸿渐和孙柔嘉吵架,方鸿渐"不用刀子、绳子、砒霜,而用抽象的气",这是不是精神文明?编造的罪名,孙柔嘉并不会害怕,一个词,即便是一个看似出奇的新词,能有什么用?文明嘛,都是精神的,和"气"怎么能分,又怎么能构成修饰和限制关系?钱先生反复多次指出——我们搞乱了,很像方鸿渐,让外人笑话啊。当然,他的意见未被接受。面对此词特殊复杂的含义和用法,钱先生破例出席了这次会议。当时我国专家主张使用"spiritual civilization"译法,钱先生对此一直首肯;但外国专家李敦白主张使用另一译法"spiritual song"。据说在会议当场,钱先生引用了为李先生授业解惑的老师的著作,致使友人敦白先生哑口无言。但该词作为口号推行了,如果再配上不妥的英文译法,就会错上加错。钱先生的科学论辩和理论阐述,一个"精神文明",涉及多个学科,既有文化、宗教，又与语言和政治有关。那次讨论会给专家和官员留下极为生动的印象和传说。谁都知道，有关钱先生的传说，不管简单和复杂的事，总会变成各式各样的谈资，甚至矛盾重重。钱先生听说，一笑："亏我早写《围城》。"

如果我们穷其一生创造一个词，能让全中国乃至全世界接受并使用，可以说那位人士未曾虚度一生。何况两个、三个或者更多，显然难上加难。顺便再记下一件和造词有关的事。钱锺书先生曾赞成为"电脑文本"起名"电书（telebook）"，并为九十年代初新成立的"中国社会科学院计算机室"的产品英文命名，这是无上荣耀之至。

钱先生更不为人们所知的一项有关"技术秘密"是：八十年代之后，因为制造出压电晶体，有了新式打火机，我们逐渐不再使用火柴。那时，他方才学会划火柴以点燃煤气灶，我跟着杨绛先生为此还高兴好一阵呢。这项"技术秘密"可能一度成为我们伪拟钱先生倡导电脑古文献学的证据。但总有几个人说："啊，他连火柴都不会用，怎么懂电脑？"好在钱先生有关"电脑"的许多真知灼见在他过世之前公开发表，可以说铁证如山，是任何人也无法否认的事实。

钱锺书的构词非常精妙，从不会造成阅读困难，随时间推进也不会造成曲解，很值得深入研究归纳。钱锺书的构词方式和风格证明伟大的中华汉字文化是不熄之火，热度灼人，照亮世界。

三、引语

《围城》作者在选字、构词之后,按照钱先生自己叙述的顺序,应该分析一下"引语"的问题。他所谓的"引语"实为"引用之语",这其中包括人名、地名、书名,还有成语、谚语、歇后语、他人诗文之语等。其中最让人关注的是"成语"。他经常说"成语"或典故之类,定义不确切。他从来不同意成语和典故稳定凝固的结论,认为把成语之类归为"正"和"反",甚至"褒""贬"和"中"三类,都是不懂为文为诗的说法。这些人为的"定律"与汉语的实际完全不符。他经常会比喻说,"字典""词典"之后,应该编辑"语典",而不应该编那些认为固化不变的《成语词典》,只应出"语典"才和汉语相当,一定要改变错误的观点。不能在学生中宣传那些错误语法常识，更不能对可怜的学生采取强行扣分的无理行为，语文课本上规范的成语，往往被古代经典打得粉碎。中文经典显然不支持汉语的规范，经典不"经"，反倒站在学生一边，因为规范和规则多数源自成见。成见的"成"只能算一种相对的判断，并非绝对的判断。钱先生和经典一个样，一心只支持学生。但这条常识至今还没有被充分认识，完全合格的"语典"也没有一本出版，规则并没有改变。从钱先生健在时开始，我的一位聪敏的同事裴公效维，依照钱先生的学术观点，在"中国古典数字工程"的协助之下，通过二十余年的努力，基本完成了《中华语典》的修纂工程，它将作为语文应用研究的重大成果面世。

在《围城》和钱先生的著作中，关于"语"的引用，特别是所谓成语和歇后语的使用相对较少。偶尔使用的时候，都表现出灵活性。比如在《围城》第一章中的"故乡风味"和"世界潮流"（第2页），在方老太爷训子信中"千里负笈""对镜顾影""濡染恶习"（第9页）都是准格式化而又有特殊风格的常用语汇，而关于"东方大学""东美合众国大学""联合大学""真理大学"（第13页）等半真不假的称谓，则完全成了嬉戏之语。

《围城》作者在小说、论文或散文中，从来不习惯使用限制性大的语汇，比如"结为秦晋"（第371页）这样特别有名的"成语"，便是在顺用前题下，加上反其意扭转使用的。他公开说，历史事实证明，用"秦晋"描绘婚姻，有好希望的一面,也有坏事实的一面,借《围城》版面生动地为自己的"发现"做宣传。开拓自由文心,绝不肯受到任何限制和约束,他的诗句"毫端风虎云龙气,空外霜钟月笛音"乃是不变的目标。我们前边已说过,先生不赞成语文学者所力主的"成语"定义,他一直说"成语不成",正如诗文中的典故一样,可以正用,也允许反用,全视语义而定。如果需要限制正反使用,自然能增强语义学家的社会存在理由,但是属性限制必然会僵化万灵通便的汉语言文字。在电脑应用过程中,我所使用的科学精确检索,充分证明了语言学所构筑的成语定义,已经被势不可当的大数据流所推翻。

《围城》里的"引语",多数是人名和书名。钱先生充分行使作者权利,在选取和新构语汇过程中可谓匠心独到、意象万千,更贴近文化历史。在人物命名上,《围城》机巧大方,胜计多多。

《围城》中人物约有七十,其中登台上场者五十七人,其姓名字号大多俱全,老父方遯翁一人竟有三种称法。未曾出场的人物包括:物理系吕老先生;从桂林来的英文系主任刘先生的妹妹;历史系主任韩先生的太太;教育系主任孔先生;在《沪报》上发表外国通讯的薇蕾;接受剧作者题词的范懿、李健吾、曹禺、林语堂、王尔恺,最后还有鹰潭题壁者许大隆和王美玉二人。

作者对中国古代的戏剧小说早已烂熟于心,精心编制和使用姓名是一个特别重要的机会。《围城》小说中有近二十位主要人物，他们是方鸿渐、唐晓芙、苏鸿业、苏文纨、孙柔嘉、鲍小姐、汪太太、赵辛楣、曹元朗、顾尔谦、韩学愈、曹元真、陆子潇、李梅亭、高松年、汪处厚、董沂孙、董斜川、褚慎明等。众多人物都被冠以性格化姓名，一亮相便会让读者看出破绽，并心悦诚服。聪明的作者虚虚实实，好像有意在挑逗读者探索的兴趣。执着的寻找者，不可能战胜聪慧的作者。蛛丝马迹，举不胜举。笔锋一转，烟消云散东流水，留下许多意味深长的联想。

一位友人曾自称"索隐"《围城》姓名大有收获，我便拿了他的成果，送到作者面前。先生对一切成文，总是乐于阅读，一目十行，立即交回，他全部已经看清，且过目不忘。然后，他笑了，说："对不住，让他浪费很多时间，不能说不沾边际，且比《红楼梦》研究好得多了。"事实告诉我们，深谙幽默的作者在创作时，赋予每位人物姓名时，应该说是一次展示中华文化的大好时机。给新生儿命名，与此极为相似。唯一不同的是，对孩子只能赞许和期冀，而钱先生对他所创造的人物，赋予浓郁古风今趣包裹的姓名，往往透露出冷峻和永志不忘的笑料。

我们选择上述主要人物名单，减除姓氏，投入由钱锺书先生指导的"中国古典数字工程"云数据计算系统运行，除"文纨"一名与"李纨"仅稍有消息互通之外，其余全部中的。其名谓全部可以有古人对衬，以子之矛攻子之盾。吾师之幽默才智，旷古未闻，云数据里查而不漏，即为明证。

令人捧腹的是《围城》本身也对人名的推敲和考究做出范本,有如魔术大师一边说着"闲言碎语",一边做动作:方鸿渐不得不去张家相亲,作者从头到尾也没道出对象的名号,反以"我你他"小姐名之,这我们在前文已提到,但未说到作者的一番考订,什么"想来不是 Anita,就是 Juani"或干脆是"Nita",顽皮作者真能让我们一边读一边要好好笑上一阵。

作者借人物之口说:"因为'芝麻酥糖'那现成名词,说'酥'顺口带出了'糖';信口胡扯,而偏能一语道破",闲话至此,本可以告结,但《围城》不干,笔锋一转非得说出"天下未卜先知的预言家都是这样的"。(第 130 页)深入考索的严肃语态,恰为读者画出快人快语的先生本人:

一个叫陈士屏,是欧美烟草公司的高等职员,大家唤他 Z. B.,仿佛德文里"有例为证"的缩写。一个叫丁讷生,外国名字倒不是诗人 Tennyson 而是海军大将 Nelson,也在什么英国轮船公司做事。(第 50 页)

方鹏图瞧见书上说:"人家小儿要易长育,每以贱名为小名,如犬羊狗马之类",又知道司马相如小字犬子,桓熙小字石头,范晔小字砖儿,慕容农小字恶奴,元叉小字夜叉,更有什么斑兽、秃头、龟儿、獾郎等等。(第 137 页)

我们据此节行文,把诸"丑称"也送入"中国古典数字工程"人名库查检,四十万古人的信息资料证实钱先生所举是实。

而钱先生留下的称谓也一一可以得到答案。"斑兽"——南朝宋战将刘湛;"秃头"——晋朝慕容拔;"龟儿"——唐白行简之子;"獾郎"——宋王安石。此节完全可以作为"科学研究"论文的素材。自己把考据推到极致,是推翻幼稚、偏执考据的一条捷径。

至于书名及其作者的引用,也应属于"引语"范围。

把书名和作者写入小说,对自称"读书人"的作者来说,显然轻车熟路。先说西方从荷马到柏拉图的太米蔼斯对话、《天方夜谭》、莎士比亚戏剧、画圆的吉沃土,还有方鸿渐没有读上的《白雪公主》《木偶奇遇记》等,应有尽有,简直可以说是一份图书目录。中文方面大致有《问字堂集》《癸巳类稿》《七经楼集》《谈瀛录》《大明会典》《永乐大典》《三国演义》《水浒传》和《西游记》等。博学作者在此处似乎有意忘记了另一本名气更大的小说。杂书更多:《东方杂志》《小说月报》《大中华》《妇女杂志》《西洋社会史》《原始文化》《史学丛书》《伦理学纲要》《家庭与妇女》《文化与艺术》《沪报》《文章游戏》《家庭大学丛书》,这些书籍名号似乎无一出自虚构。

作者别致地做起了图书推销摘要:

谛尔索(Tirsot)收集的法国古跳舞歌。(第95页)

洛高(Fr. von Logau)所说,把刺刀磨尖当笔,蘸鲜血当墨水,写在敌人的皮肤上当纸。(第44页)

《人生从四十岁才开始》是当时流行的一本美国书籍。（第237页注）

想把《镜花缘》里的奇方摘录在《验方新编》的空白上。遯翁看见儿子，便道："你来了，我正要叫你来。"（第140页）

鲍小姐纤腰一束，正合《天方夜谭》里阿拉伯诗人所歌颂的美人条件："身围瘦，后部重，站立的时候沉得腰肢酸痛。"长睫毛下一双欲眠似醉、含笑、带梦的大眼睛，圆满的上嘴唇好像鼓着在跟爱人使性子。（第15页）

《三国演义》里的名言："妻子如衣服"，当然衣服也就等于妻子；他现在新添了皮外套，损失个把老婆才不放在心上呢。（第53页）

方鸿渐因为赢了钱，有说有笑。饭后散坐抽烟喝咖啡，他瞧见沙发旁一个小书架，猜来都是张小姐的读物。一大堆《西风》、原文《读者文摘》之外，有原文小字白文《莎士比亚全集》《新旧约全书》《家庭布置学》，翻版的《居里夫人传》《照相自修法》《我国与我民》等不朽大著，以及电影小说十几种，里面不用说有《乱世佳人》。一本小蓝书，背上金字标题道：……（第51页）

故事情节被这一大堆书名和有板有眼的正经提要推进着，读者在阅读的同时，也会高兴地获得纯意外的新鲜知识。作者似乎认为，这些内容可以助推读者阅读的自信心。文化阶梯的上升，引出深层的啼笑，会意想不到地拉近作者和读者的距离。

《围城》中有一小节文字，开了一个大玩笑，如今这个玩笑举世皆知。话说方鸿渐在"柏林图书馆中国书编目室"的"一位德国朋友"处，"瞧见地板上一大堆民国初年上海出版的期刊"，其中包括我们前边所列的诸多真真切切名称的刊物，忽然笔锋一转，方先生不正经起来："信手翻着一张中英文对照的广告，是美国纽约什么'克莱登法商专门学校函授部'登的，说……"一连串的说词，构造出小说主人公所需的幻境。作者利用读者思维定制，假模假式地道出"克莱登法商"之类内容后，为让读者宽心释放，说："那登广告的人，原是个骗子，因为中国人不来上当，改行不干，人也早死了。"读者悬着的心一下子落地。善良读者所料不及，收信人却是位贫穷而智慧的爱尔兰人，偏偏去向"邻室小报记者""借"来打字机，给方鸿渐"打"回信，称赞来信者"聪明"。一番周折，特别又经美国名牌大学反证，再引古今中外贤贵圣人说谎济世的实例，求得了"中国自有外交或订商约以来唯一的胜利"——以最低的40美元骗得一份"文凭"。（见第11—13页）

　　这出文艺世界中最著名的幽默喜剧，全文约两千字，一字不可更改，字字珠玑。每个汉字有如拴牢读者的心锁，忽松忽紧，上起下落，充分展现着汉字的强大磁性。人物或信誓旦旦，或假戏真做，或声东击西，或漫不经心。作者也不甘心袖手旁观，亦混迹小说场景间，一时信手拈来闲话，一时出力补台，转瞬又悄悄拆撤，精熟地把历史故事和古老成语正语反出、反语正行，混乱之中又显得逻辑严整。似乎在行文当中，每个字都饱含幽默，只要文字相拼，便能点燃笑靥。一切都自然而然，趣味渊远，应该说这是中国文学里的顶峰成就。

当然，我偶尔向先生说，如果要寻找影踪，只在《西游记》里有找到的可能。先生说："将来你有闲了，可以试试，正反引语可能是一个线索。"

四、造句和成章

《围城》的作文方法,我们由选字、构词、引语逐步深入,下面应推进到造句阶段。在海量例句中略选几个加以点评,便足以表现作者造句技巧的深厚功底和惊世才华:

辛楣和李梅亭吃几颗疲乏的花生米,灌半壶冷淡的茶;(第209页)
上来的汤是凉的,冰淇淋倒是热的;
鱼像海军陆战队,已登陆了好几天;
肉像潜水艇士兵,会长时期伏在水里;
除醋以外,面包、牛油、红酒无一不酸。(以上第20页)

句式平常,可以写出不平凡的句子。小句子也精神:

她脱下太阳眼镜,合上对着出神的书。(第4页)

层层叠加:

后脑里像棉花裹的鼓槌在打布蒙的鼓。(第135页)

烦琐结构为复杂关系开路:

是苏鸿业、曹元真两人具名登的,要读报者知道姓苏的女儿和姓曹的兄弟今天订婚。(第144页)

性格化句子,生动地表现了人物特性:

她不会讲法文,又不屑跟三等舱的广东侍者打乡谈。(第16页)

简单至极的句子,也可提高到理论层面和法律层面:

你可以享受她未婚夫的权利而不必履行跟她结婚的义务。(第16页)

非汪太太说不出这句话:

你们新回国的单身留学生,像新出炉的烧饼,有小姐的人家抢都抢不匀呢。(第274页)

不是方鸿渐之辈,怎能有如此句子:

现在刚是深秋天气,还显不出它们(岁寒三友:苍蝇、蚊子、臭虫)的后凋劲节。(第190页)

深入牙髓的譬喻,入人心肺:

这春气鼓动得人心像婴孩出齿时的牙龈肉,受到一种生机透芽的痛痒。(第54页)

忠厚老实人的恶毒,像饭里的砂砾或者出骨鱼片里未净的刺,会给人一种不期待的伤痛。(第5页)

下降式譬喻句,震撼山岳:

火箭,到落地时,火已熄了,对方收到的只是一段枯炭。(第97页)

苏小姐觉得鲍小姐赤身露体,伤害及中国国体。(第5页)

鸿渐想政府可以迁都,自己倒不能换座位。(第69页)

突然的反转句，跌宕文字：

我们对采摘不到的葡萄，不但想像它酸，也很可能想像它是分外地甜。（第2页）

不相类的比较句，效果更佳：

小茶杯里兴风作浪。（第134页）

诗评家的毛病，一针见血：

读着一首诗就联想到无数诗来烘云托月。（第89页）

先肯定再否定，让人扑空：

兴趣颇广，心得全无。（第11页）

引典行文，言之有据的戏句：

文言里的雅称跟古罗马成语都藉羊来比喻："愠羝"。（第69页）

对偶行文,以诗律翻转造句,灵动异常。钱氏为文擅长此难为之技,绝少使用排比之句:

那个女孩子是"无忘我草"和"别碰我花"的结合。(第128页注释)
不要有了新亲,把旧亲忘个干净。(第33页)
苏小姐理想的自己是"艳如桃李,冷若冰霜"。(第16页)
父亲是前清举人,在本乡江南一个小县里做大绅士。(第8页)
机会要自己找,快乐要自己寻。(第15页)
嫁女必须胜吾家,娶妇必须不若吾家。(第38页)
家丑不但不能外扬,而且不能内扬。(第360页)
贤婿才高学富,名满五洲。(第11页)
身心庞然膨胀,人格伟大了好些。(第37页)

一个句内标点,便突出性格——矫情:

汪太太轻蔑地哼一声:"你年轻的时候?我——我就不相信你年轻过。"(第275页)

或干脆作成诗句。诗人钱锺书似乎不为读者所闻,请参见《槐聚诗存》。甚至引大诗人之句,他本亦当之无愧:

莫遣佳期更后期。(第275页)

把生活细节夸成大定律：

在吵架的时候，先开口的未必占上风，后闭口才算胜利。（第324页）

以远喻近，威力更大：

太太像荷马史诗里风神的皮袋，受气的容量最大，离婚毕竟不容易。（第371页）

作者总结文字精妙，夫妻吵嘴，无逾其深：

气头上虽然以吵嘴为快，吵完了，他们都觉得疲乏和空虚，像戏散场和酒醒后的心理。（第372页）

《围城》的文本，最终是从句成章；《围城》的文句，有如花朵和彩云，在这里编织一体，成了文章，绽放开来。

作者不是就其整部作品一下子向我们展示他的文字，或说文学的坚实功底，而是由他的每一部著作、每一篇文章、每一个节段来证明中国文学应有的模式。钱先生笔下几个字甚至一个字构词，词入小句，小句成章，间或插入引语，每一步都能发生魔术般的变化，以至于七十年前的《围城》至今仍然让人感到妙笔生花。更有趣的是，作者竟会通过自己造就的人物方鸿渐之口，自我调侃："把这种巧妙的词句和精密的计算来抚慰自己。"（第25页）这类回转木马的效果，多为作者造句成文所倚重。让我再举两条简例：

只听得阿丑半楼梯就尖声嚷痛，厉而长像特别快车经过小站不停时的汽笛，跟着号啕大哭。（第369页）

他没演话剧，是话剧的不幸而是演员们的大幸。（第230页）

钱先生不但是中文大师，而且是英文高手，只有他才能生动精确地作出以下这般描述。好文章不怕多，一律不作中间删节。以下再举几节作者令人拍案叫绝的成文，好读好玩：

张先生跟外国人来往惯了，说话有个特征——也许在洋行、青年会、扶轮社等圈子里，这并没有什么奇特——喜欢中国话里夹无谓的英文字。他并无中文难达的新意，需要藉英文来讲；所以他说话里嵌的英文字，还比不得嘴里嵌的金牙，因为金牙不仅妆点，尚可使用，只好比牙缝里嵌的肉屑，表示饭菜吃得好，此外全无用处。他仿美国人读音，惟妙惟肖，也许鼻音学得太过火了，不像美国人，而像伤风塞鼻子的中国人。（第48页）

唐小姐眼睛并不顶大，可是灵活温柔，反衬得许多女人的大眼睛只像政治家讲的大话，大而无当。古典学者看她说笑时露出的好牙齿，会诧异为什么古今中外诗人，都甘心变成女人头插的钗，腰束的带，身体睡的席，甚至脚下践踏的鞋袜，可是从没想到化作她的牙刷。她头发没烫，眉毛不镊，口红也没有擦，似乎安心遵守天生的限止，不要弥补造化的缺陷。总而言之，唐小姐是摩登文明社会里那桩罕物——一个真正的女孩子。有许多都市女孩子已经是装模作样的早熟女人，算不得孩子；有许多女孩子只是浑沌痴顽的无性别孩子，还说不上女人。方鸿渐立刻想在她心上造个好印象。唐小姐尊称他为"同学老前辈"，他抗议道："这可不成！你叫我'前辈'，我已经觉得像史前原人的遗骸了。你何必又加上'老'字？我们不幸生得太早，没福气跟你同时同学，这是恨事。你再叫我'前辈'，就是有意提醒我是老大过时的人，太残忍了！"（第58页）

以下一节文字一举拉近了全部人物关系，距离一近，才好生出故事。写长篇小说，有这般驾驭能力者，可谓凤毛麟角：

这事一发表，韩学愈来见高松年，声明他太太绝不想在这儿教英文，而且表示他对刘东方毫无怨恨，愿意请刘小姐当历史系的助教。高松年喜欢道："同事们应当和衷共济，下学年一定聘你夫人帮忙。"韩学愈高傲地说："下学年我留不留，还成问题呢。统一大学来了五六次信要我和我内人去。"高松年忙劝他不要走，他夫人的事下学年总有办法。鸿渐到外文系办公室接洽功课，碰见孙小姐，低声开玩笑道："这全是你害我的——要不要我代你报仇？"孙小姐笑而不答。（第259页）

下面这节文字，包括对睡眠的描述，均为其他小说和文章中所稀见：

近乡情怯，心事重重。他觉得回家并不像理想那样的简单。远别虽非等于暂死，至少变得陌生。回家只像半生的东西回锅，要煮一会才会熟。这次带了柔嘉回去，更要费好多时候来和家里适应。他想得心烦，怕去睡觉——睡眠这东西脾气怪得很，不要它，它偏会来，请它，哄它，千方百计勾引它，它拿身份躲得影子都不见。与其热枕头上翻来覆去，还是甲板上坐坐罢。柔嘉等丈夫来讲和，等好半天他不来，也收拾起怨气睡了。（第358页）

谁读过以下文字，都会深深记忆下来：

辛楣笑道："预谢！预谢！有了上半箱的卡片，中国书烧完了，李先生一个人可以教中国文学；有了下半箱的药，中国人全病死了，李先生还可以活着。"顾尔谦道："哪里的话！李先生不但是学校的功臣，并且是我们的救命恩人——"亚当和夏娃为好奇心失去了天堂，顾尔谦也为好奇心失去了李梅亭安放他的天堂，恭维都挽回不来了。（第188页）

钱先生的奇思妙想，从来都是有根有据的，绝不是空穴来风：

日记上添了精彩的一条，说他现在才明白为什么两家攀亲要叫"结为秦晋"："夫春秋之时，秦晋二国，世缔婚姻，而世寻干戈。亲家相恶，于今为烈，号曰秦晋，亦固其宜。"（第371页）

以上文史考订，是作者所长，《围城》留下顺便考古的成果，往往切实可信。幽默可笑而绝不造伪，连主人公去张家相亲时参观的文物恐都应作如此观。

俾斯麦曾说过，法国公使大使的特点，就是一句外国话不会讲；这几位警察并不懂德文，居然传情达意，引得犹太女人格格地笑，比他们的外交官强多了。（第2页）

上了岸，向大法兰西共和国上海租界维持治安的巡警侦探们付了买路钱，赎出行李。（第362页）

上边处于《围城》一头一尾的两节文章，遥相呼应，足够勾画出列强的嘴脸。细密之笔，绝不疏忽。

辛楣不知道大哲学家从来没有娶过好太太，苏格拉底的太太就是泼妇，褚慎明的好朋友罗素也离了好几次婚。（第108页）

酒酣的董斜川说道："是了，是了。中国哲学家里，王阳明是怕老婆的。"（第109页）

"文人惧内"的陈旧话题，在《围城》里也花样翻新，解出不同的答案：善讲道理的人，往往在老婆面前讲不出道理来。其实，承认怕老婆，实为不怕；不承认怕老婆，才是真怕。此理同于文学创作，说了不是真的，不说而想得明白才是真，笑府深深。

天才加以努力修为的技巧固然重要，但要坐稳文字，绝不能缺少对人类社会常识的深准认识，这是《围城》屹立世界文学之林的另一个重要原因。

《围城》的文章技巧，一经谈起，读者都会夸赞不已，字词语句当中，更是读者谈不尽的话题。

《围城》重新出版，读者一天天多起来。各式各样的问题，层出不穷。而向作者本人提问，则非常困难。一部高端文学作品，找作品漏洞和寻取写作窍门，同样困难。一天，我终于按捺不住，向先生揭起话题："您的文章和文字，都有'启承转合'的影子。"钱先生说："有点入道儿了。""你不好说八股，我说确实不是八股，道不是'道行'，而是'道儿'，路。""我在《谈艺录》中写过，'八股文实骈俪之支流，对仗之引申。'还写过'四书排偶之文，上接唐宋四六，为文之正统'。'八股古称代言，盖揣摹古人口吻，设身处地，发为文章。以俳优之道，抉圣贤之心。'更有多人（如徐青藤、邵文明、吴修龄、袁随园、焦理堂）论及八股文的俗体、代人说话、特比之元人杂剧。"（引文可见《钱锺书集·谈艺录》上，第110页，下同。）

钱先生认为，揣摩孔孟情事，须从明清两代最佳八股文求之，"真能栩栩欲活"，并言"此类代言之体，最为罗马修辞教学所注重","学僮皆须习为之"。中国之语文,如把这些公认的手段抛而弃之,文学将不为文学也。将"我手写我心"作为文学之本,那么"我手不写我心",则为文学之花。钱先生在1985年写《谈艺录》下册论辩上册时曾指出:"以二事通类齐观,则犹夫明清文学之士纵《西厢记》《琵琶记》《牡丹亭》参八股法脉矣。"在先生透彻论证之后,概括道:"聊发其端,待好学深思者抉根究柢焉。"我们一字一句读了《围城》,只须参此而思,便能略知何谓中国文学。

五、学术、艺术及其他

下面我们再说《围城》对学术、艺术、习俗、政治、社会的细微观察以及华美描绘。

第一,关于学术。《围城》出版已经七十余年,作品中大量学术论点是作者赋予人物的,同时也透彻地表达了作者的观点。作者一生以顶峰为终极追求目标,作品少而精。言之不及义,语之不超前,证据有不足,不写不发表。《围城》借助人物之口,有关学术论述都表述得清晰明白。比如作者对"五四"以来打倒孔家店、依附国外势力——甚至怀疑中国古史存在的派别,历来有清醒认识,并且完全划清界限。读者在《围城》阅读中,在漫长时间和广袤地标上,不难发现作者精心播撒的种子,从而收获大量具有指导意义的精妙结论。生动的例子太多,仅摘录数条存证。需要再次提醒读者,《围城》完成于1946年。

这一张文凭,仿佛有亚当、夏娃下身那片树叶的功用,可以遮羞包丑;小小一方纸能把一个人的空疏、寡陋、愚笨都掩盖起来。(第11页)

东洋留学生捧苏曼殊,西洋留学生捧黄公度。留学生不知道苏东坡、黄山谷,心目间只有这一对苏黄。(第110页)

"当然是陈散原第一。这五六百年来,算他最高。我常说唐以后的大诗人可以把地理名词来包括,叫'陵谷山原'。三陵:杜少陵,王广陵——知道这个人么?——梅宛陵;二谷:李昌谷,黄山谷;四山:李义山,王半山,陈后山,元遗山;可是只有一原,陈散原。"说时,翘着左手大拇指。鸿渐懦怯地问道:"不能添个'坡'么?""苏东坡,他差一点。"(第110页)

鸿渐对这种"古史辩"式的疑古论,提不出反证。(第354页。按,"辩"字,学界原作"辨",作者应情景改字,妙而可言也。)

方鸿渐到了欧洲,既不钞敦煌卷子,又不访《永乐大典》,也不找太平天国文献,更不学蒙古文、西藏文或梵文。(第11页)

学国文的人出洋"深造",听来有些滑稽。事实上,惟有学中国文学的人非到外国留学不可。因为一切其他科目像数学、物理、哲学、心理、经济、法律等等都是从外国灌输进来的,早已洋气扑鼻；只有国文是国货土产，还需要外国招牌，方可维持地位，正好像中国官吏、商人在本国剥削来的钱要换外汇，才能保持国币的原来价值。（第10页）

说现代人要国文好，非研究外国文学不可；从前弄西洋科学的人该通外国语文，现在弄中国文学的人也该先精通洋文。（第91页）

可惜说这话时恰巧无人在场，又是诗人曹元朗说的，那它算不算数呢？小说《围城》就难读在这些地方。因为《围城》不论什么派人物，只讲究和读者"会心"，剖析和认定都必须有生动透彻的思想。至于人物性格和情节发展都属第二位，实际并不重要。

三闾大学校长高松年是位老科学家。这"老"字的位置非常为难，可以形容科学，也可以形容科学家。不幸的是，科学家跟科学大不相同，科学家像酒，愈老愈可贵，而科学像女人，老了便不值钱。将来国语文法发展完备，总有一天可以明白地分开"老的科学家"和"老科学的家"，或者说"科学老家"和"老科学家"。现在还早得很呢，不妨笼统称呼。（第223页）

提起此节文字，钱先生总说自己意犹未尽。他认为这里说的是自然科学，在文化里只能算是一半。科学每年每天都要更新，新的发现推翻旧的规律，是取代的关系。一个公式，一条定理，旧的不去，新的不来；新的一到，旧的非得扔掉。而文化，特别是文学不是如此，有了李白，杜甫还是活得好好的。有了李白和杜甫，那屈原、司马迁、汉武帝、魏武帝和以后的苏东坡甚至杨大年，也都得在正位上坐着。你读书，他们在那儿；不读书，他们还在那儿。文化是层层叠加、堆积起来的。要这不要那，那是儿戏。关键是能读不忘，一找就回。文学不同于科学，应该补充认识。文学不怕复杂，科学最尚简单。西方偏向科学，我们亲近文学。

第二，关于艺术，又是另一个复杂问题，钱先生没有多说，我们在此也只能挂一二而漏万千了。小关节，往往牵连着大是非。

范小姐就把现代本国剧作家的名剧尽量买来细读。对话里的句子像："咱们要勇敢！勇敢！勇敢！""活要活得痛快，死要死得干脆！""黑夜已经这么深了，光明还会遥远么？"她全在旁边打了红铅笔的重杠，默诵或朗诵着，好像人生之谜有了解答。（第280页）

诗人曹元朗道："我这首诗的风格，不认识外国字的人愈能欣赏。""不必去求诗的意义。诗有意义是诗的不幸！"（第85页）

第三，风俗习惯的细致描写，既向读者显示了人生世界深度和广博，同时又为作品自身的发展提供了空间和场地。应该说，风俗习惯的心理世界是人文学当中最难以把握的，而作者却如数家珍，做到了灵动与深邃并举。

　　天涯相遇，一见如故……大家一片乡心……打牌不但有故乡风味，并且适合世界潮流。（以上第2页）

　　爱尔兰人，具有爱尔兰人的不负责、爱尔兰人的急智、还有爱尔兰人的穷。（第12页）

　　美国人办交涉请吃饭，一坐下去，菜还没上，就开门见山谈正经；欧洲人吃饭时只谈不相干的废话，到吃完饭喝咖啡，才言归正传。（第334页）

　　鸿渐为太太而受气，同时也发现受了气而有个太太的方便。从前受了气，只好闷在心里，不能随意发泄，谁都不是自己的出气筒。现在可不同了；对任何人发脾气，都不能够像对太太那样痛快。（第371页）

　　"我只奇怪，你是在大家庭里长大的，怎么家里这种诡计暗算，全不知道？"鸿渐道："这些事没结婚的男人不会知道，要结了婚，眼睛才张开。我有时想，家里真跟三闾大学一样是个是非窝，假使我结了婚几年然后到三闾大学去，也许训练有素，感觉灵敏些，不至于给人家暗算了。"……他们俩虽然把家里当作"造谣学校"，逃学可不容易。（以上第386页）

　　死祖宗加上活亲戚，弄得柔嘉疲于奔命。（第387页）

　　第四，世界政治。对这个难题，怕就怕回过头来看，难就

难在向前看。我们只会回头,留下许多遗憾和悔恨。钱先生在《围城》里最擅长拿出难题,再向前观察分析:

　　这一年的上海和去年大不相同了。欧洲的局势急转直下,日本人因此在两大租界里一天天地放肆。后来跟中国"并肩作战"的英美两国,那时候只想保守中立;中既然不中,立也根本立不住,结果这"中立"变成只求在中国有个立足之地,此外全让给日本人。"约翰牛"(John Bull)一味吹牛;"山姆大叔"(Uncle Sam)原来只是冰山(Uncle Sham),不是泰山;至于"法兰西雄鸡"(Gallic Cock)呢,它确有雄鸡的本能——迎着东方引吭长啼,只可惜把太阳旗误认为真的太阳。美国一船船的废铁运到日本,英国在考虑封锁滇缅公路,法国虽然还没切断滇越边境,已扣留了一批中国的军火。物价像吹断了线的风筝,又像得道成仙,平地飞升。公用事业的工人一再罢工,电车和汽车只恨不能像戏院子和旅馆挂牌客满。铜元镍币全搜刮完了,邮票有了新用处,暂作辅币,可惜人不能当信寄,否则挤车的困难可以避免。生存竞争渐渐脱去文饰和面具,露出原始的狠毒。廉耻并不廉,许多人维持它不起。发国难财和破国难产的人同时增加,各不相犯;因为穷人只在大街闹市行乞,不会到财主的幽静住宅区去;只会跟着步行的人要钱,财主坐的流线型汽车是跟不上的。贫民区逐渐蔓延,像市容上生的一块癣,政治性的恐怖事件,几乎天天发生,有志之士被压迫得慢慢像西洋大都市的交通路线,向地下发展,地底下原有的那些阴毒暧昧的人形爬虫,攀附了他们自增声价。鼓吹"中日和平"的报纸每天发表新参加的同志名单,而这些"和奸"往往同时在另外的报纸上声明"不问政治"。(第374页)

方鸿渐说:"女人原是天生的政治动物。虚虚实实,以退为进,这些政治手腕,女人生下来全有。女人学政治,那真是以后天发展先天,锦上添花了。我在欧洲,听过 Ernst Bergmann 先生的课。他说男人有思想创造力,女人有社会活动力,所以男人在社会上做的事该让给女人去做,男人好躲在家里从容思想,发明新科学,产生新艺术。我看此话甚有道理。女人不必学政治,而现在的政治家要成功,都得学女人。政治舞台上的戏剧全是反串。"(第59页)

第五,关于外交:

这事(指方鸿渐购买克莱登大学文凭事)也许是中国自有外交或订商约以来惟一的胜利。(第14页)

仿佛他在外国学政治和外交,只记着两句,拿破仑对外交官的训令:"请客菜要好",和斯多威尔侯爵(Lord Stowell)的办事原则:"请吃饭能使事务滑溜顺利。"(第150页)

第六,关于环境,《围城》也给予极大的关切:

鸿渐惊异得要叫起来,才知道高高荡荡这片青天,不是上帝

和天堂的所在了,只供给投炸弹、走单帮的方便。(第351页)

上海是个暴发都市,没有山水花柳作为春的安顿处。公园和住宅花园里的草木,好比动物园里铁笼子关住的野兽,拘束、孤独,不够春光尽情地发泄。(第54页)

《围城》对时兴的"新生活运动"中列有两项概括的内容:

其一,不许抽烟(第255页);其二,图书馆"绝对没有法国小说——"。(第43页)

第七,对教育,我们仅举出稀闻之二例:

江先生得学位是把论文哄过自己的先生;教书是把讲义哄过自己的学生。

教授成为名教授,也有两个阶段:第一是讲义当著作,第二是著作当讲义。好比初学的理发匠先把傻子和穷人的头作为练习本领的试验品,所以讲义在课堂上试用没出乱子,就作为著作出版;出版以后,当然是指定教本。(以上第310页)

六、奇思妙想和人物素描

钱锺书的奇思妙想——出乎意外而合乎情理的比喻,往往也用在人物描写上,请读《围城》:

屋子里静寂得应该听见蚂蚁在地下爬——可是当时没有蚂蚁。(第293页)

他个人的天地忽然从世人公共生活的天地里分出来,宛如与活人幽明隔绝的孤鬼,瞧着阳世的乐事,自己插不进,瞧着阳世的太阳,自己晒不到。人家的天地里,他进不去,而他的天地里,谁都可以进来。(第129页)

中国旅馆的壁,又薄又漏,身体虽住在这间房里,耳朵像住在隔壁房里的。(第170页)

鸿渐说:"我不爱她。我跟你同病,不是'同情'。"(第149页)

《春之恋歌》,空气给那位万众倾倒的国产女明星的尖声撕割得七零八落——(第145页)

阙尚鸳鸯社,闹无鹅鸭邻。(第147页)

"宁可我做了官,她不配做官太太;不要她想做官太太,逼得我非做官、非做贪官不可。"(第161页)

"我只恨当时没法请唱片公司的人把你的声音灌成片子。"假使真灌成片子,那声气哗啦哗啦,又像风涛澎湃,又像狼吞虎咽,中间还夹着一丝又尖又细的声音,忽高忽低,袅袅不绝。有时这一条丝高上去、高上去,细得、细得像放足的风筝线要断了,不知怎么像过一个峰尖,又降落安稳下来。赵辛楣刺激得神经给它吊上去,掉下来,这时候追想起还恨得要扭断鸿渐的鼻子,警告他下次小心。(第171页)

有一位大文学家曾说:作家会不会写作,首先要看他会不会写雨。《围城》中以下三例均写雨,几乎可以说大自然的"雨",正按照钱锺书写的"范儿"下着,既普通、熟悉,又活泼、新奇。大自然的美丽,也处处皆有人,人头顶、人眼睛、人麻痘、人五指以至于鬼鼻子。《围城》作者表现了人类非凡的想象。

他们上了船,天就微雨。时而一点两点,像不是头顶这方天下的，到定睛细看，又没有了。一会儿，雨点密起来，可是还不像下雨，只仿佛许多小水珠在半空里顽皮，滚着跳着，顽皮得够了，然后趁势落地。

这雨愈下愈老成，水点贯串作丝，河面上像出了痘，无数麻瘢似的水涡，随生随灭，息息不停，到雨线更密，又仿佛光滑的水面上在长毛。（以上第172页）

这雨浓染着夜，水里带了昏黑下来，天色也陪着一刻暗似一刻。一行人众像在一个机械画所用的墨水瓶里赶路。夜黑得太周密了，真是伸手不见五指！在这种夜里，鬼都得要碰鼻子拐弯，猫会自恨它的一嘴好胡子当不了昆虫的触须。（第175页）

至于生活琐事，作者一旦涉及，就会新意迭出，美不胜收：

鸿渐上床，好一会没有什么，正放心要睡去，忽然发痒，不能忽略的痒，一处痒，两处痒，满身痒，心窝里奇痒。蒙马脱尔（Monmartre）的"跳蚤市场"和耶路撒冷圣庙的"世界蚤虱大会"全像在这欧亚大旅社里举行。咬得体无完肤，抓得指无余力。每一处新鲜明确的痒，手指迅雷闪电似的捺住，然后谨慎小心地拈起，才知道并没捉到那咬人的小东西，白费了许多力，手指间只是一小粒皮肤屑。好容易捺死一个臭虫，宛如报了仇那样的舒畅，心安虑得，可以入睡，谁知道杀一并未儆百，周身还是痒。到后来，疲乏不堪，自我意识愈缩愈小，身体只好推出自己之外，学我佛如来舍身喂虎的榜样，尽那些蚤

虱去受用。外国人说听觉敏锐的人能听见跳蚤的咳嗽;那一晚上,这副尖耳朵该听得出跳蚤们吃饱了噫气。(第185页)

烤山薯这东西,本来像中国谚语里的私情男女,"偷着不如偷不着",香味比滋味好;你闻的时候,觉得非吃不可,真到嘴,也不过尔尔。(第211页)

一切图书馆本来像死用功人大考时的头脑,是学问的坟墓。(第233页)

方鸿渐忙说,菜太好了,吃菜连舌头都吃下去了。(第288页)

两个人在一起,人家就要造谣言,正如两根树枝相接近,蜘蛛就要挂网。(第304页)

关于人物素描,是《围城》的特技,而稍早发表的中篇集《人·兽·鬼》应称为人物素描的专项大成。《围城》虽非专写人物,但写起人物来极为圆熟。首先是外形描述,夹杂一些恰当的比喻,或为他人、他事、他物,然后转向深层的内心,人物关系乃至极有个性特征的事件等。对于读者来说,犹如展开一幅画卷,一步步地观看开去,表面看并没有特殊鲜见的场景,语句和节奏十分平和,但任何人都可感受到其精深的文字修炼功底。从零星三五个字到寥寥几百字,跃然纸上,有生龙活虎,有绵绵细雨,体温和远火都在:

胡子常是两撇,汪处厚的胡子只是一划。他二十年前早留胡子，那时候做官的人上唇全毛茸茸的，非此不足以表身份，好比西洋古代哲学家下颔必有长髯，以示智慧。他在本省督军署当秘书，那位大帅留的菱角胡子，就像仁丹广告上移植过来的，好不威武。他不敢培植同样的胡子，怕大帅怪他僭妄；大帅的是乌菱圆角胡子，他只想有规模较小的红菱尖角胡子。谁知道没有枪杆的人，胡子也不像样，又稀又软，挂在口角两旁，像新式标点里的逗号，既不能翘然而起，也不够飘然而袅。他两道浓黑的眉毛，偏根根可以跟寿星的眉毛竞赛，仿佛他最初刮脸时不小心，把眉毛和胡子一股脑儿全剃下来了，慌忙安上去，胡子跟眉毛换了位置；嘴上的是眉毛，根本不会长，额上的是胡子，所以欣欣向荣。这种胡子，不留也罢。五年前他和这位太太结婚，刚是剃胡子的好藉口。然而好像一切官僚、强盗、赌棍、投机商人，他相信命。星相家都说他是"木"命"木"形，头发和胡子有如树木的枝叶，缺乏它们就表示树木枯了。四十开外的人，头发当然半秃，全靠这几根胡子表示老树着花，生机未尽。（第268页）

　　人物素描，彪炳着钱锺书先生文学技巧的巨大成就，但出人意料的标志却是：因此招来不少"物议"——甚至被冠以"刻薄"而加以抹杀。熟悉那个时代文化圈子的人读了《围城》，往往会对号入座，一传十，十传百，写了别人，自己会说，太像了，就是他或她！写到自己，一经别人指出，自己便骂语连篇，"恶毒""上法院"之语便会满天飞。如果是仔细地一字一句地读遍《围城》的人，绝不可能出此恶语。钱先生一直是以悲悯胸怀看待"同仁"，绝不能怀有恶意伤惹他人。如果说钱先生的笔墨让模特不快，恐怕因是笔墨太过犀利吧。何况作者往往笔到即止，收敛写得太真的笔，从此掉头他去，或转换成另外一种笔法了。岂不知，从极似再转向模糊需要更高的文字技巧。大家常以"游戏文章"轻视别具一格的文字，而钱先生往往答以"好玩不好作"。当然偶尔也会据理力争："画家可以素描，我为什么不能用文字来写？""通感"理论的发现和确认，是钱先生在人文科学上重大的贡献之一，此处的"串行"也只有他说得出。"武艺"没有，他的"文艺"，我未曾见逾其右者，更未曾闻能与其比肩者。

近日，我清理原代钱先生复存信稿，有一封致台北苏正隆先生的信，收信人已将此信公开，其中有位黄先生译文说

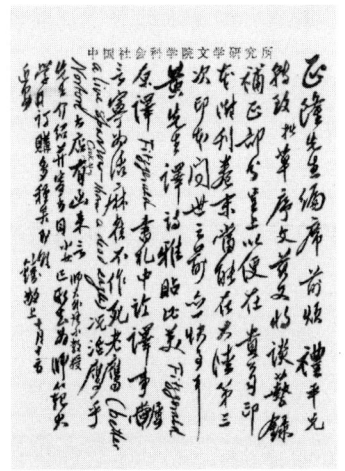

钱先生致台北苏正隆先生的信

"宁为活麻雀，不作死老鹰"（better a live sparrow than a dead eagle）。译文生动，但说那是钱先生自况，便不确切了。钱先生的信是既做"活麻雀"又做"活老鹰"，已充分证明先生从来挥笔作"全活儿"，绝非常人所能比。

我们经常可以见到先生一挥而就的书信——因为那是一般应酬文字，但其中也往往包含精辟的学术论述，令人信服的生活总结以及催人泪下的情分，当然更多是会心的微笑。最后读者当然明白，那可不是"一挥"能就的。当小说、诗歌创作和被修改得满目疮痍的《管锥编》手稿，展现在我们面前时，谁也禁不住会对这位伟大学者、作家、艺术家感恩，谢他用超人勤奋和精思熟虑的思想成果，为我们的观感和心灵赐福。

请回到钱先生"用小说打败小说"的想法，我们很可能不必再急于追问了。至于他做到与否，谁也不能代替读者作答。

钱先生晚年，很少再谈《围城》。那时我受钱先生嘱托负责"中国古典数字工程"制作，每去医院看望他，话题都离不开古籍。

但《围城》中的一段话，在我追随他的三十几年间被提及了不止一次。

一句话的意义，在听者心里，常像一只陌生的猫到屋里来，声息全无，过一会儿"喵"一叫，你才发觉它的存在。（第301页）

这段心理文字，先生认为是很用心思写下来的。可我完全不记得先生是在什么情况下对我讲的。就可能性来说，"工程"不会，"公事"没有，大概属于"闲话"一类。

再把此节上下的《围城》原文读一读，就会发现连接的话似乎提示着重要信息，因为恰巧那很像"闲话"内容中的引证：

心里一阵嫉妒，像火上烤的栗子，热极要迸破了壳。（第301页）

打开记忆开关，立刻使我想起《管锥编》里"混浊嫉贤"（中华本《管锥编》第二册第598页）"妒贤嫉能"（中华本《管锥编》第一册第275页）等节段，以及更鲜明突出引曹丕《典论》的论文："女无美恶，入宫见妒；士无贤不肖，入朝见嫉。"（中华本《管锥编》第三册第901页）此语实早出《史记·鲁仲连邹阳列传》《史记·外戚世家》《史记·扁鹊仓公传》，后者引"士无贤不肖，入朝见疑"似正，行文多变，应是古风。我许多年来自以为钱先生应该像司马迁一个样，一生最痛恨的是"妒"——"火上烤的栗子，热极要迸破了壳"，人生深疼，是引出对人类缺欠的爆炸性"热嘲"的原因，这已列入钱先生专项研究的正式课题。事实证明，我最初对此猜测大误，他的真实态度全出意外。他常对我说，"嫉"和"疑"，人皆有之，不应视为"缺欠"。别人疑，自己不疑；别人嫉，自己不嫉。那应成为动力，没空没闲，既不可无端疑，更不能理睬那个"嫉"字。

初识钱先生,我曾沿着错误成见,没头没脑地为此打抱不平。先生对此不认可,总伴着轻笑一语带过:"我一直要谢他们。"智慧,带给人以力量;高深智慧,使人强大。

钱先生作为文化名人,与《围城》的成功相关。小说的畅销流行是在1949年之前,作者从不期望起到什么保护作用。让人们意料不到的是,《围城》并未招来政治运动的批判。于是离谱的传说,比如"有人保护"之类,不胫而走。

钱锺书以一位作家学者身份,规划了自己"开拓万古之心胸"的一生目标,坦荡地接受古今中外包括马克思主义的思想,在文学上坚持走自己的道路,取得了众所周知的成就。1980年之前,《文学评论》杂志曾发表先生《通感》等几篇文章。该年年末才有一篇关于《宋诗选注》的文章发表。直至目前,我未见该刊发表有关《围城》的文章。《围城》只能以"空城"称之。钱先生倒认为那是一个"四十年合意"的好空间,他每日都能不受干扰地读书、研究、写作。我认为《围城》的千万印数以及文学专业刊物的地位,总让人感觉不协调。

《围城》高度的文学倾向、充分展现的思想、驾驭语言文字的技巧,特别是在东西方小说相接互融的探索,都令评论者畏惧。至于所表达的主题,亦属不清不明,试来试去各种各样的名目,都有所不当,实在难以下手。最后只能冠上"旧作品""资产阶级情调""沙龙茶杯文戏"之类含混概念,最恶最狠不过说成"死老虎",便算让其"死有余辜"了。

《围城》未受到大批判还有第三个原因。在文学研究界，钱锺书的读书学识、书面文章、讲台说辞、外国语言、书法美学甚至包括厚道的为人处世，均为共识，无人能超越。而钱先生在舆论评比中，只有苏东坡可比，唯先生不肯做官，又偏偏做上了大官。按照惯例，只有两种方法可选：一是说先生"不肯政治担当"。这一说法，历来十分容易被戳穿，听者只要一经读书，便可自行收回。二是为方便采用的"移位赞颂"法。比如钱先生明明是文史大家，偏说他是小说家、史学家、诗文评论家、精通掌故的老先生，甚至干脆被当成宋诗专家；明明属外国语顶级专家，偏要称其为外国文论家、外国文学史家；先生字写得好，国内外书法中大家都一致认为当为前排，最终导致挑什么毛病的都有，不达一致，而他又根本不会接受任何头衔，只是努力不懈，每日习帖不止。至于在古典诗词创作、考古隶定、戏曲小说研究领域他均取得许多成就，但就是不能得到相应的提名赞许，致使名位不归。可这种"移位赞颂"两面性显而易见，尽管有原始起动之兴，但亦可当作舆论的阻力。"移位者"往往必须小心保持统一性，以免自露破绽。极易煽动的大批判，在那种状态之下也成难举之事。此时"移位者"最后选择转向的蹊径，杨绛先生或者意外的他人便是方便顺手的目标。比如"掺沙子洗衣""美国骂人""计算机室"等事件都是例子。

　　随着岁月推移，只要仔细再读《围城》，我们便会有一种特殊的灵性乍现，蓦然回首，那不是李梅亭、董斜川吗？大约他们是来推行"导师制",以编排《古诗史》课程了。更有令人惊奇的是:读者您也经常会从《围城》里找到自己。常有朋友为钱锺书作品不能进入中国的语文教科书而遗憾,遗憾的原因如果必须回答,只能说钱著本身固有的魅力太过迷惑人吧。

七、主题（上）

《围城》的故事和人物，作者大概认为没必要用它们来分散读者的关注，或者干脆不想让庄重严肃的哲学主题受到干扰，所以故事情节和结构、人物性格和际遇都非常简单，简单得让人吃惊。

全书共分九章，如果为概括内容硬配上标题，会显得非常清晰：一曰归国船上，二曰返乡探亲，三曰探春上海，四曰进入生活，五曰纷乱旅途，六曰职场纠纷，七曰婚姻沉浮，八曰城之内外，九曰迷人挽歌。总之一次归国旅程，一次就职经历，然后是两位男主人公的婚事。

故事情节平稳无奇，如果作者将主题半遮半掩，很容易让人感到作品本身不连贯，捉摸不定。但由于其语言文字极其精练，想象构成非常丰富，行文广阔浩大，描写深入精致，如果我们能不怀偏见并且小心地审读，放正胸襟，深入地钻研，便会觉得虽迷雾重重却环环相扣；人物对话和情节推动，均无规矩可循，或者说在华丽的文字外衣之下充满奇思妙想，令人应接不暇。不管多么见识宽广，阅读者都会发问：作者究竟想写什么，又写出了什么？

要采取流行方式快读《围城》，绝不可能读懂，能不能懂关键在于认定主题。作为文学专门研究机构的文学所诸君子，精读《红楼梦》等已有定论的名人名作，构建出文学史，均为职责所系。至于《围城》，则属前辈、同事、友人之旧作，既非经又非典，读也不若目睹本人真切，或似借口"回避亲朋"之规则，从而放弃"举贤不避亲朋"之责任，浪费作者一片良苦用心和巨人成就。

让我试着把《围城》自己写下的主题线索，依序摘要列出，并加简要小注，提示读者试试能否得到新的启发重点，推动有效的认识。钱文读起来，总是别有风趣。摘出来叠加对比重读，也会有新收获：

> 自以为要写就意味着会写。（1980年序）

写小说自有道，岂可随意任性？

> 这般，倚仗人的机巧，载满人的扰攘，寄满人的希望，热

闹地行着，每分钟把玷污了人气的一小方水面，还给那无情、无尽、无际的大海。（第2页）

上面四个不起眼的"人"，似乎不经意地被道出，作者究竟要告诉我们些什么呢？

假如上帝真是爱人类的，他决无力量做得起主宰。方鸿渐这思想若给赵辛楣知道，又该挨骂"哲学家闹玄虚"了。他那天晚上的睡眠，宛如粳米粉的线条，没有粘性，拉不长。他的快乐从睡梦里冒出来，使他醒了四五次。（第75页）

爱人的上帝显然帮不上忙，不肯做哲学家的主角，只好失眠了。

褚慎明又常说人性里有天性跟兽性两部分，他自己全是天性。（第99页）

褚先生的说法，前半句正确。

鸿渐道："这不是大教授干政治，这是小政客办教育。从前愚民政策是不许人民受教育，现代愚民政策是只许人民受某一种教育。不受教育的人，因为不识字，上人的当，受教育的人，因为识了字，上印刷品的当，像你们的报纸宣传品、训练干部

讲义之类。"（第 152 页）

方先生显然属于明白人之列。

我还记得那一次褚慎明还是苏小姐讲的什么"围城"。我近来对人生万事，都有这个感想。譬如我当初很希望到三闾大学去，所以接了聘书，近来愈想愈乏味，这时候自恨没有勇气原船退回上海。我经过这一次，不知道何年何月会结婚，不过我想你真娶了苏小姐，滋味也不过尔尔。狗为着追求水里肉骨头的影子，丧失了到嘴的肉骨头！跟爱人如愿以偿结了婚，恐怕那时候肉骨头下肚，倒要对水怅惜这不可再见的影子了。（第 161 页）

一句"不过尔尔"，说不尽人的困难和痛苦，鸿渐清晰明白，但偏重感性。说下去，可明大事理，完全让结婚成为狗眼里的骨头而腰斩肢截。

法国人所谓"长得像没有面包吃的日子"还不够亲切；长得像没有面包吃的日子，长得像失眠的夜，都比不上因没有面包吃而失眠的夜那样漫漫难度。（第 210 页）

作为一位作家，有此种文字写出，一定是一位真正的作家。

"你不讨厌,可是全无用处。"(第222页)

艺术的理论概括后再转化为文学,看似平淡,但作者借赵辛楣为方鸿渐所作"哲学理论"真可以说——神到情到,登峰造极。

鸿渐发议论道:"……这好像开无线电。你把针在面上转一圈,听见东一个电台半句京戏,西一个电台半句报告,忽然又是半句外国歌啦,半句昆曲啦,鸡零狗碎,凑在一起,莫名其妙。可是每一个破碎的片段,在它本电台广播的节目里,有上文下文,并非胡闹。你只要认定一个电台听下去,就了解它的意义。我们彼此往来也如此,相知不深的陌生人——"柔嘉打个面积一方寸的大呵欠。像一切人,鸿渐恨旁人听自己说话的时候打呵欠,一年来在课堂上变相催眠的经验更增加了他的恨,他立刻闭嘴。(第357页)

无线电乱台,认定便不会乱。不明就理的孙小姐,怎么听不出深幽的哲理呢?一个价值不菲的"一方寸的大呵欠",使主要发言人方先生的哲理阐述被腰斩。

柔嘉怨道:"好好的讲咱们两个人的事,为什么要扯到全船的人,整个人类?"

鸿渐恨恨道:"跟你们女人讲话只有讲你们自己,此外什么都不懂！"

  柔嘉也太任性……今天跟她长篇大章地谈论，她又打呵欠，自己家信里还赞美她如何柔顺呢！（以上第357页）

  "整个人类"？方鸿渐并没有谈及，却被孙小姐误谈乱引了出来。读者眼明：作者在大玩"草蛇灰线"之技。什么"不懂"，什么"任性"，什么"女人"，什么"呵欠"又连上"又打呵欠"，卖尽关子，可谓妙不可言。

  辛楣道："她也真可怜——"瞧见鸿渐脸上酝酿着笑容，忙说——"我觉得谁都可怜，汪处厚也可怜，我也可怜，孙小姐可怜，你也可怜。"（第336页）

  悲天悯人，辛楣也是作者的代言者之一。要研究钱先生在《围城》里写了些什么人？人其实就是人，处处"可怜"的人。姑且不说能不能考据出来，考据得是否正确，这种不显露痕迹的机巧，就能让人信服，让读者听从作家所告知关乎"人"的结论。

  鸿渐正像他去年懊悔到内地，他现在懊悔听了柔嘉的话回上海。在小乡镇时，他怕人家倾轧，到了大都市，他又恨人家冷淡，倒觉得倾轧还是瞧得起自己的表示。就是条微生虫，也沾沾自喜，希望有人搁它在显微镜下放大了看的。拥挤里的孤

寂，热闹里的凄凉，使他像许多住在这孤岛上的人，心灵也仿佛一个无凑畔的孤岛。（第374页）

以"孤岛"称人类社会，实际上这是一个人生根本性的问题，过往文学本身似乎已经解决了这一问题。但孤岛非人所为，绝不及"城"字含有如此深邃的人味。

她又说鸿渐生气的时候，拉长了脸，跟这只钟的轮廓很相像。（第382页）

"我忘了，还有这只钟——"她瞧鸿渐的脸拉长，给他一面镜子——"你自己瞧瞧，不像钟么？我一点没有说错。"鸿渐忍不住笑了。（第385页）

两次以老钟比称，又为主题埋下深深的伏笔。

鸿渐笑道："柔嘉，你这人什么都很文明，这句话可落伍。还像旧式女人把死来要挟丈夫的作风，不过不用刀子、绳子、砒霜，而用抽象的'气'，这是不是精神文明？"（第396页）

用"精神文明"一词调侃孙柔嘉，属于几十年后的偶然预见。

鸿渐走出门，神经麻木，不感觉冷，意识里只有左颊在发烫。头脑里，情思弥漫纷乱像个北风飘雪片的天空。他信脚走着，彻夜不睡的路灯把他的影子一盏盏彼此递交。他仿佛另外有一个自己在说："完了！完了！"散杂的心思立刻一撮似的集中，开始觉得伤心。左颊忽然星星作痛，他一摸湿腻腻的，以为是血，吓得心倒定了，腿里发软。走到灯下，瞧手指上没有痕迹，才知道流了眼泪。同时感到周身疲乏、肚子饥饿。鸿渐本能地伸手进口袋，想等个叫卖的小贩，买个面包，恍然记起身上没有钱。（第413页）

这种高度浓缩的泪，引出人类生存状态的文学描述，前无古人。

那只祖传的老钟从容自在地打起来，仿佛积蓄了半天的时间，等夜深人静，搬出来一一细数："当、当、当、当、当、当"响了六下。六点钟是五个钟头以前，那时候鸿渐在回家的路上走，蓄心要待柔嘉好，劝她别再为昨天的事弄得夫妇不欢；那时候，柔嘉在家里等鸿渐回来吃晚饭，希望他会跟姑母和好，到她厂里做事。这个时间落伍的计时机无意中包涵对人生的讽刺和感伤，深于一切语言、一切啼笑。（第415页）

老钟的六下自打，深于一切语言、一切啼笑。故事结束，又似并未结束。

谨慎一生的作者，大概由于太过注意结尾部分的意象造化，在此处忽略了数量计算，竟把响声和实际时间弄错——就像他数学考试只有十五分一样。到80年代，德文译本翻译莫宜佳女士认真指出这个问题，作者对出版许久的正文作出修改，并说明错误由莫宜佳女士发觉（见1982年12月第三次印刷版本之序）。极端聪敏的作者，似乎又被认真的德国人惊醒而回来了。

八、主题（下）

合卜气象万千的《围城》，每位读者必会深思良久。深思者也许会有一个或两三个答案，甚至为此争论不休、莫衷一是。作者大笔如椽，同时用他深邃的思想，挥舞金色飞刀，偏偏穿行在时聚时散的迷雾当中。他既没有莎士比亚"自杀他杀"主题，也没有塞万提斯《堂吉诃德》"大战风车"豪幻之气概，在几乎平稳的情节里，反而让我们疑心揣测不止。关键问题在于：《围城》究竟写的是什么？要表达的思想和主题又是什么？这十分像一个高中生向作者提出的既浅显又稚嫩的问题。

1957年冬，我在北京八中求学，高中二年级吕俊华老师给我们班上语文课，这位20世纪40年代的北京大学毕业生，使我投身理工学科的心愿动摇，燃起了对古典文学和外国文学的浓烈兴趣。吕老师视域宽、方法新，根本不受课本的限制。他曾用戏剧化的朗诵方式，在作文课上介绍普希金的《上尉的女儿》、梅里美的《伊尔的美神》等。他指出，作为世界最优秀的文学作品，有的能朗读，有的不能读出声来就叫阅读。但对真正戏剧化的作品，你要有声有色地享受它，只能搭台演出。例如王实甫的《西厢记》、汤显祖的《牡丹亭》、洪昇的《长生殿》就是这类顶尖作品代表。

当然后来我逐渐了解，还有更为极端的情况，演出者必须是富有个性的艺术家。其典型例子，恐怕也只有意大利的一老一少了。老者吉利（Beniamino Gigli），少者罗伯蒂尼（Robertino Romantica）。听他们和张权、邓丽君那样的歌，好像帮我们查字典，让人明白一个"唱"字该怎么写。表达作品，非常复杂，只有最接近书面文本才简明恒久。吕老师"语文课"的诸多细节，正与后来我强以为师的钱锺书先生异曲同工。

其间，我偶然得到一本无封面封底的《围城》，我请教吕老师，下一步能否为我们开读。吕老师笑了，他的笑，让人觉得很像方鸿渐，让人捉摸不定。但他说："不可以。"我立刻寻找与老师朗读理论的关联，难道是《围城》不适合读出声来？不过我错了。他纠正说："这是一本非常好的中国小说，可惜没有好译本，一旦有，必居世界前列。现在存书都是竖排繁体旧印，课本不能选，也不敢选，两者都是暂时的现象，那都不是不能朗读的原因。《围城》思想很深，文字姣好。要读它必须静下心来，一字一字地看，然后一句一句地思想。如果我一读完再给你们一讲，听都听不明白，更不会知道感受它的美妙，反倒会让多数青年真害怕起文学来，不能读，也不能讲。"一生中两位老师，一位一字一字写，一位一字一句看，一脉贯通，气吞长虹。当时高三（6）的班报，每周一期，稿子不多，我曾写过一篇小稿填空记录下这件小事。历经一个甲子，每逢几年老同学的相聚或环境变化，总会引出这件小事，结论有如年轮，评论近似而又会有所不同。如今八九十高龄、身体依然健硕的吕老师，永远是受学生欢迎的语文老师，我们希望他为我们补讲这一课。特殊作品，伴以好的讲释，有如打开魔盒，延续着我们文化的辉煌。

当年的"五七"干校，劳作之余尚可田野信步，那时自以为重任在肩，话题也常被我拉到《围城》的主题上，作者本人总是干脆拒绝。"不谈禁书""自己去想"，是我得到的次数最多的回答。只有少数几次出于偶然，甚至就是因为帮他做了一点儿小事，意外取得大的酬劳，他像是和吕老师相呼应。我记得有一次为达到目的竟说："钱先生，我瞪着眼睛，闭上嘴，您看我没打正方形的'呵欠'呀！"先生一怔，一句反用《围城》的话，让他笑了。终于，他算是在我乞求之下"大开尊口"了。现在就把我以前零散听到的综合记录下来，集中编辑如下：

《围城》是写人的，也可以说是在人生舞台写人，台子可能大到无边，也可能小到眼前。我不是编剧，我不会导演，更不能当演员。我也不会在经济那么困难的时候，花钱买票做观众,时而捧腹大笑,时而暗自流泪。如果一定要我去剧院,我只能做那个在幕后,背着木头梯子,登到高高天幕的架子上,打开聚光灯的人。

《围城》主人公说是方鸿渐,赵辛楣也可以算一个,我立意写的应该就是人,不单单是中国人,更不是留洋回来的知识分子。我一再说,我是在写人,大一点说是写世界人类的困苦。至于具体主题,我无法"照明",仁者见仁,智者见智啰。

然后智者的微笑在眉眼间展开,静静地,似乎在问:"你用功想,懂了?"

以上两段钱先生的话,曾几次出现在我的笔记上,不是我抄写几次,而是先生说过不止一回。

钱先生在他的青少年时代,养成或天性喜读书,好书认真反复读,闲书读来也津津有味,武侠和探案作品亦无所不读。学问大成之后,他一直主张,许多文学作品研究家,不能因作者、书商和版本等问题而考据,争论不休,更不能用这种方法把二流、三流作品推到顶峰。何况考据家功夫并不到位,甚至把关于自己至爱的作品不完全可信的伪证当作史实,得出无关宏旨的结论。因此,我的发问和求证过程,特别是关于主要人物的对号问题上,先生只说是或不是;但一涉及主题,他倒点火说,可以研究,值得考据,因为那是被他"花费心思"隐藏起来了。或者可以用来"上专案""办学习班""搞逼供信"之类。此时他最常说,"去看《福尔摩斯》吧",那意味着他深信，主题未被侦破视穿。

那时我常想起下干校之前，钱先生开始托我借书，便得知他唯一的业余爱好也是读书。一张张借书单，大部分是英文或德文的"探案小说"。连德国的《围城》译者莫宜佳女士送钱先生的"玩具"也选定为《福尔摩斯探案全集》的英文原版电视剧。我们一直相信，没有比翻译家更了解体谅作者的了，何况是一位德国的女性大学者。当时电视台正在播《围城》，钱先生只看几眼，一边说"不要看"，一边打开录像机去看《福尔摩斯》了。

当然，我的寻访很努力，但似乎总离题太远。笔记上还曾有"小说《围城》不是依仗情节和人物揭示作品的主题，而是主要使用人物在特定环境中的思索和言语呈现出作品的主题"的记录。我在这条下的附记云："师云，像洋人不着头脑的分析，把方法错安为主题，错！"

关于我的主题之问，作者自己最最精确的回答——完全出读者、研究者意料之外——应该是印在《围城》书首《序》下面的一段从不受人重视的文字：

在这本书里，我想写现代中国某一部分社会、某一类人物。写这类人，我没忘记他们是人类，只是人类，具有无毛两足动物的基本根性。（第1页，民国三十五年[1946年]十二月十五日序）

这段文字，源于西方语汇："我们人类只是无毛的猿。（We human beings are just hairless apes.）"这是一个有两面性的语句。作者显然仅使用了正面语义，这便是小说《围城》所要写的内容。

我在"五七"干校所记的"札记"中还有钱先生口头引用的一段话，与此不太一致："柏拉图一次讲课，说人是'没有毛的两足动物'。第二天，某人弄了只鸡，褪去羽毛，拿给柏拉图说：这是你的'人'。柏愧而改之。《孔子家语》中有'偶而无毛谓之人'之说。"

两年多在战火中的"孤岛"上海，钱先生含辛茹苦创作的小说，完成后，只恐读者不解，于是有了一篇短得不能再短的序言，意味深长，也最令人琢磨不定的话是："我没忘记。"可以肯定那是《围城》中最不能忽略的话。

这是没有任何戏谑的"正经话"，任何读者、研究者、评论者，都不能当作"轻松的敷衍"或"官话"。这篇序，是研究《围城》最重要的第一手资料。作者经过两年多的努力，先是在杂志上连载，获得了许多好评，最后全书连载完成时，写出这篇序，首先写到这一段文字，把现代社会人物一下引到"人类的根性"上，直奔主题。但在读者的心目中，评者的稿纸上，都没有受到重视。如果作家不是有意，会这样写吗？我们再结合已列举出作品的蛛丝马迹，偏见不具，食笋剥衣，主题自然呈现。《围城》的主题是一个顶天立地的大题目，既是人类最根本的哲学命题，也是最深入的文学难题。《围城》似乎轻而易举地完成了这两个题目。

人性的特征和缺欠,情节的平白和奇诡,都不会成为《围城》呈现主题的方式和办法。

钱先生八十岁生日之际,我在替出版社写的《写在人生边上·出版后记》上,曾首次使用老人家郑重为自己定位的"作家学者"称谓。此中深意,往往不为多数读者所了解。

"作家"是创作家的简称,主司文学,从艺术层面看,应该用形象思维方式进行文字创作,使之表达作者本人的情感和思想,其作品极具"只此一家"的个性。

"学者"是学术家的简称,主司科学,从学术层面看,应该是用抽象思维方式进行科学研究,使之穿凿自然和社会的因由和构成,其成果具有等待大家验证的共性。

当一名"作家",可以,当一名"学者",可以。把两位迭加起来,"学者作家",尚可称之二三人,属作家群;如经海选"作家学者",唯钱锺书一人耳,正归学者群。文字小移,称谓般配,力拔山兮气盖世。

正如钱锺书先生在舒展先生所编《论学文选》一篇"提要"中所说"作家不同于理论家的才具,正是表现在:对于人的情感溢亏生克的辩证法的揣摹,并探索其变化的奥秘"(见《钱锺书论学文选》第105页,1991年,花城出版社)。

钱锺书先生奉行的"作家学者",并非是二者的糅合,而是化合。作家是通称,学者为实名。他常说自己既不做反面教员,也不做正面教员。其核心是政治很重要,但那不是他的职业，也不是兴趣所在。毕其一生，能够像诗人白居易所谓"风飘雨洒帘帷故，竹映松遮灯火深"（《期宿客不至》），"信步闲庭"，不受毫发之伤，又能完满地完成感性的形象思维的《围城》和理性的抽象思维的《管锥编》，从而实现了历史上非常少见的"作家学者"的目标，我们只能叹说那是一个大智慧的果实。关于这一点，一位深谙佛学的友人范公业强多次开导我，钱先生的智慧正如佛家禅宗所说的两句话，第一句为"唯佛能知，唯佛能说"的"一切种智"。第二句为"一灯能除千年暗，一智能灭万年愚"（均参见新出《禅宗六祖师集》）。结论应如清雍正帝署名著作《宗镜大纲》卷六所论，那"即是真实智慧也"。

钱先生用他的一生，用他超越常人的智慧、记忆和语言控制力，勤奋读书。那时没有电脑，更没有数据云，所以三十五年来，我有幸被选中，爬书架子，得以追随先生。虽未达到朝夕相处的程度，更没合规地做他的学生，但每年可谓人间独有能够见到老师百次之上之人。令人惊讶的事实是：几乎每次见他，他总是拿着书，甚至干脆就是在读书。我只是近朱者赤，放弃了玩心闲心以及任何名誉待遇，耐得住孤独和委屈，我是一名可信的证人。

阅读使他获得海量知识，深入的思索又使阅读积累升华为智慧。《围城》应该就是稀见的智慧产品。

作者的聪敏，不是小机巧，而是大智慧。他有一身大胸怀，又有"读不尽天下书，不摘眼镜、不放笔、不关灯"的大目标。

只有读遍他的全部著作，才能真正了解其人。钱先生历来特别重视对逸诗逸文的搜集工作。辑佚是任何古籍整理必须进行的第一步，也是最困难的步骤，但它早已被业界规避或忽视，甚至干脆在正式文件上"被忘记"。而钱锺书认为，每位诗文书籍作者被丢失删除的文字是研究古籍最重大的线索。《四库全书》被删的文字，远重于存留的内容。《论语》外的文章话语是原有的十多倍，只要有出处，价值就不比《论语》原有正文低，但肯定比注释之类高明许多。他义无反顾，在规划"中国古典数字工程"时置之首位的程序便是辑佚，更是一反常态地拿出自己四十年的读书笔记和大量眉批，并亲自参加第一部辑佚书《宋诗纪事补正》的编辑成书，留下了许多审稿批改的文字。那本书完成时，他已生病住院，但仍不断关注那本他编的时间最长、一直盼着出版的书。我至今记得在那部书完成并打算正式出版时，他曾问我那本书共搜集了多少位诗人，我告诉他大约3760人。他深思了好一会儿说："那本书真好，要不然会漏掉多少诗人呢！我的题目结束了，文学所的项目开始了。"《宋诗纪事补正》也是第一部深层应用电脑成功的书籍。围绕这部书，他阅书无数，借还书几近疯狂。我是一个运输的失败者，当然我也有胜利者的喜悦。至今我存有三十五年间先生的许多借书条，即便在"文化大革命"时期，钱先生的借书条在文学研究所也算是"热货"，丢失的危险性极大，"巧取"不计，"豪夺"乃家常之便饭也。好在，不管在谁手里，均可作为我们文化延续的铁证。

我还曾向先生询问欧洲某名牌大学图书馆藏书情况,"藏书数量很大,我用近一年时间,读完了我需要读的书籍。"若干年之后,据友人回忆,由他陪同先生走过一座世界最著名图书馆的书库通道时,先生情不自禁地说:"我从未见过这么多我不想读的书。"同时我又忆及在 1948 年初的台北,他说他不能留在没有书可读的地方。后来在"五七"干校,杨绛先生任职菜园班,在讨论去留之际,他发出"可惜无书"之叹。就这么一个个轻巧的回答和描述,让人恐怖得几近崩溃。我常想,只用"书虫""书痴"真不能概括形容他。

再随便举一个例子,显然属于特异功能:凡他读过的书,他都会记住需要的内容,主要是能记在脑子中,剩余的便记在笔记里。钱先生一听此话,会说:"你说反了。我记笔记在先,写下来,就不会用脑子记了。"我的回应现在想起来也有趣:"怪不得您让我核实引书原始出处,有错地方大多出自您的笔记。"大家都认定"好脑袋不如烂笔头",钱先生不是凡人,但他的笔记确实不如他的记忆。他的笔记每一个字都非常重要,既不能删,更不能改。

更让人匪夷所思的是,读过的书他再经手,一下子便可找到原文所在。有一次在所内书库,有六七位借书者,我登高把书册拿下一次,他核对一处出处正文,再换一次,连续十来次,众多借书者无不称叹。不料结尾一项,竟让看客们掌声哄起:钱先生指出,十多年前他曾读过此书,绝无缺页。他玩笑地说:"查查,是否为吴某某借过?"这个典故很深,不宜说透。读者或许会问："为什么？"文学所谁都明白，钱先生并没有攻击任何人行为不端。一切只能证明，钱先生记忆超人，读书超世，幽默超凡。

还有件引人兴趣的小事，在此一并记下。那是钱先生第三次经我手借《东坡集》，我送到他已搬来许久的南沙沟新房的书桌前说："您就是偏心。"指的是他历来夸奖苏翁，我总说他"不遗余力"捧苏。这次先生"以攻为守"了——"请少用几个字来描述他，五字为限吧。"文字游戏是先生的偏好。

"六个字：'诗情''酒饭''为官'。"

"字多一个，重来。"

"'诗''酒''官'。"

"好。真好。"前面一个好字是赏我，后边的"真好"显然是针对在《东坡集》上已经找到并核实无误的苏诗。先生那么快，那么急，像个小孩子。然后往往就像外公要留下小孙孙过两天一样，"书留下来，让我再温习一下。"对此，我早习以为常。再下边，先生会指指放在几块红砖顶住的条板上面的一堆书，进入还书阶段。我一边把数十本书装入大书袋，一边叨唠着先生，"刚三天，要读多少啊？"

"不是新读，都是复习。"

我说："孔子搬家——只有书。王朝云说苏子是满肚子'不合时宜'。钱先生您属于孔子那派。"

先生说："我连名字都有书，默存更需读不尽之书，还有三天两头让你这位子路同志运个不停的也是书。"

我赶快借力打力:"所以只用一个'书'字概括您,足够。"

"怎么讲?"

"您看,'想书''借书''读书''抄书''解书''讲书''比书''著书''补书''辑书',压缩下来,只一个'书'字啦!"先生笑,我自得。

我立刻拉上拉锁,背书上肩,听着先生说:"咳,你就剩'送书''还书'两件事了。骑车给我小心着!"我走到门口回头告别,见他又在读了。

我没亲眼见到《围城》写作,但我见证了《管锥编》的全部写作过程,两本大书一样,作者用他的智慧,震撼着世界,充分证明聪敏的人类,足以逐步解开人类自身的种种谜团。

事实还证明,对人类自身特别是人类思想的探索,非常深奥。自然科学、生物学当中的医学最困难,而有关人类思维、感情的探索,尤其困难。钱先生不畏艰难,读遍一切需要读的书籍,经过精审科学分析,化以模糊形象结构,播洒幽默深邃的笑声,甚至舞弄魔术家智棒,使其文字有如天雨和飓风,表述着古今旷世思索成果,催人猛醒。这就是作家学者钱锺书和他的《围城》及其《管锥编》。

当然,对于文学作品,从来是仁者见仁,智者见智。尚未结婚者,读过《围城》慎重结婚;已经结婚者,读过《围城》谨慎离婚。尽管不可能深读洞穿,但能够浅显理解,也应算是好事一桩。《围城》的深层主题不被认识,并不会影响阅读的趣味,更不会阻碍浅层主旨立意浮出水面。深入的主题探索,却能把感情结论顺畅地引入理性探索的深度。钱先生赞成"城里的人想出去"和"城外的人想进去"，对"想进而进不去""想出而出不来"的困境也会"举双手赞成"，《围城》写的就是人，人类，人类困境，人生困境，全人类的困境——文学和哲学共同的终极难题。

为解决人生哲学难题，因此总绾人生的思想，成为写作的重点内容，要把它写好写深，就需要把传统小说中人物和情节当成辅助手段。作者精妙的文字和人物生动机敏言语，推动读者逻辑思绪，产生哲学思辨的果实，从而描述不可名状的人生。这个复杂化结果，充分宣示着作者的文学力量。而人物方鸿渐从群体、家庭、职业、宗派、信仰、民族、国家、社会和阶级来看，带着被弱化的痕迹，而又能充分个体化、精神化。同时我们可以认为方鸿渐已被作者充分语言化和文字化。其义学魅力强度远胜于鲜活的绘画。作者单一化预设，给自己文学创作设定了最大的难题。

《围城》以思想作为核心，简直可以直截了当地将其称作独一无二的"思想小说"。思索、分析，以及文字描述是《围城》创作的基本方法。情节和人物不是不要，而是使其处于下游从属的位置。因此，《围城》从其诞生之日起，要么受到规矩人的误解，要么会招来嫉妒者的攻讦。我曾猜测，这是钱锺书先生要"用小说打败小说"的代价。近百年来，"白话小说""文言小说""笔记小说""章回小说""言情小说"，甚至"恐怖小说""魔幻小说"，均可大行岁月，唯独最最难作成的"思想小说"没人写。而能写得尽善尽美,反遭诟病。《围城》代价是不是有点大?"那小说,我不写,饿肚子也不。"以小说填补居"孤岛"之家用,正是小说《围城》研究者共有的结论。岂知稻粱之谋,乃经济之学,绝非钱锺书所构建小说之哲学基础也。

在学部干校我也曾试着对偶之文,其中偶存数句述及此事,可选录于此,以博一粲:"人物到处有,情节随意拣。遍访西方圣,探出大世界。打开通天窗,挥洒无名花。驾我骏汉字,道尽人间理。"

钱先生一生拒绝媚俗,而这种拒绝的反骨,恰恰是推动艺术和学术进步的不朽动力。钱先生一生也拒绝缠斗,而这种拒绝的成功,恰恰为他赢得时间和空间,为人类写出了最优秀的关于人类自身的作品。他的伟大情怀,来自人类固有的艰难情感和孤独,致力坚韧深凿,吸吮人类文化的源头之水,从而构成了钱先生一生的巨大财富。从这一点上来说,大书《管锥编》和《围城》没有不同,只是《围城》在先,《管锥编》在后,前者写人情,后者写人理。这既合自然次第,又合逻辑顺序。

钱先生所说《围城》是部小说,它是用来"打(倒)小说"的。"重思想,轻人物,更轻情节"是战胜一般小说的代价,或者说是必要的方法、高明的手段、天才的技巧。至于说生动鲜活的文字语言,我们已经列举许多,可谓武器精良,岂有不胜之理哉。

《围城》的诞生以及其主题的未解之谜,应该说是人类历史上既偶然而又必然的事实。这本小说所引起的轰动也是与其地位相对称的。今天是否读过《围城》，似乎早已成为一张学历文凭。我曾冒失地问作者，为什么自己不译《围城》的英语译本。他非常严肃地告诉我："不是不能翻译，而是我不译。因为容纳不下，表达不到，兴味不足。"这里所指的"不译"，应该说是包括主题的。

九、余话（上）

为探究《围城》主题，我费去不少心思，花掉许多时间，得到的却是一个简单结论，但我不曾觉得自己可笑。一个无知者，在不知不觉之中，能走近作者作品，得以"知心""会心"，使我在为《管锥编》工作里学有所获，一本万利，乐不可支。在不短的日子里，《围城》未曾移动半步，更没有想去迁就任何人，其人物一位位地落地，其情节一段段地再现，妙喻、预言、猜想和场景有如走马灯般，向读者证实作者概括思想和艺术表达的高超能力。更让我们出乎意料的是，作品并不因应时间而过时，反倒让读者感到社会和周围人群都在进步。《围城》总能帮我们看透往昔以及预见来日的那些各式各样的"围城"，甚至真能使人们冲出城去或走进城里来。

1946年2月起,《围城》先在上海杂志《文艺复兴》第一卷第二期上连载发表,共六期,至1947年1月第一期全文终了。这部人类史上不可小觑的精致的文学作品,展现着中华文化人不屈的性格和高尚的文学造诣,同时正如郑振铎、李健吾先生在《文艺复兴·发刊词》中所说的,"文学的任务是:开启了新的世界,新的时代,发现了'人'","为新的中国而工作,为

《文艺复兴》1946年创刊号封面和版权页

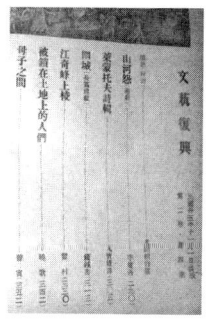

《文艺复兴》目录

中国的文艺复兴而工作"。很快,单行本《围城》于1947年5月正式由上海晨光出版社出版,两年间两次再版加印,每版逾万,已属于畅销书之列。

其后三十年间,由于诸多原因,《围城》未能继续印刷和发行。令我吃惊的反倒是,我并未找见任何相关的"禁

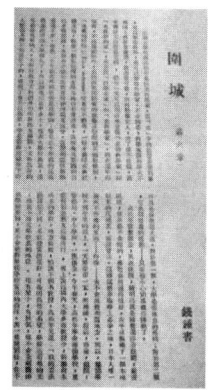

《围城》连载

令"。一位友人为此嘲笑我,我接受。书籍一"禁",对以营利为目的的书商反有一便,可以绕过作者、蒙蔽读者,盗印盗售,不负责任,不必再假填印数,以错字误简成灾,获得更大利益。我们将能够搜集到的各种印本的封面集中在一起,看得出哪个是正版、哪个是盗版,算是别有一番风趣。

上海晨光出版社
1947年5月

上海晨光出版社
1948年9月

中国香港基本
1980年

中国台湾辅欣
1979年

中国台湾金安
1982年

中国台湾文史哲
1984年

中国台湾谷风 1987 年

中国台湾全兴 1988 年

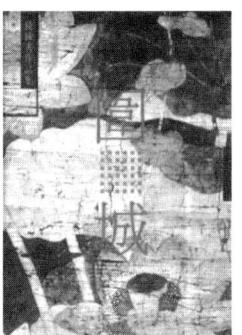
中国台湾书林 1999 年

中国香港天地图书 1996 年

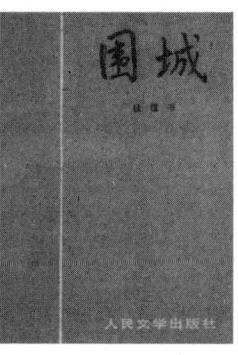
人民文学 1980 年

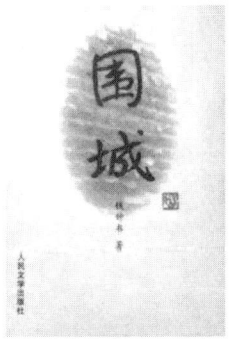
人民文学 1988 年

人民文学 2003 年

人民文学 2006 年

人民文学 2012 年

人民文学 2013 年　　　三联出版社 2001 年　　　广西人民 2001 年

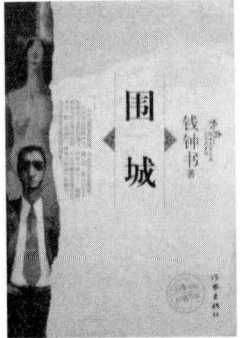

宁夏人民 2008 年　　　作家出版社 2007 年　　　作家出版社 2009 年

四川文艺 1991 年　　　北岳文艺 2013 年　　　华语教学 2008 年

外语教学研究 2016 年

新疆人民 1991 年维文版

美国印第安纳大学出版社
1979 年英文版

莫斯科文学出版社
1980 年俄文版

法国克里斯蒂安·布热瓦
1987 年法文版

德国法兰克福出版社
1988 年德文版

西班牙阿纳格拉玛出版社
1992 年西班牙文版

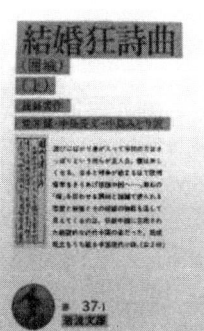
日本岩波书店
1988 年日文版

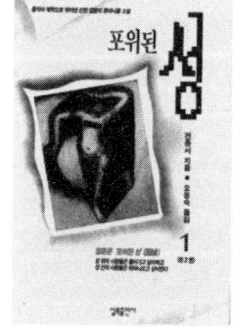
韩国实录出版社
1994 年韩文版

1980年10月之前，由于《管锥编》出版的推动，人民文学出版社率先悄悄地出版了《围城》小说，正如当年不允许印刷出版一样，无痕无迹可寻，冬日里冻萎枯黄，而今春风中雄壮油绿，第一版印数即达十三万册，至1982年冬，时间刚好两年，已第三次印刷。至2015年11月，印刷已有十三次，据版权登记，该社一家所印已逾百万册。这一时期，台湾、香港同步随之。至于长期非法出版印制者，则不可胜记。世界各地纷纷出现有英文、法文、德文、俄文、日文、西班牙文、韩文等文字的译本，甚至还有我国少数民族语译本。四十年来，《围城》受到许多读者的欢迎，形成了一支庞大的铁杆粉丝读者队伍，甚至可以说该书成为"长效创收"的基本书。其间曾有人设想为之易主与《洗澡》并出，一位老出版家竟立即提高稿酬，垂泪陈辞挽留，同时改为版税制，这些都是后话。由本人经管阶段，作者所得印数稿酬却可以说是畸轻。一位从事法律工作的友人曾十分严肃地告诉我，有关《围城》的案件发生率不低。

　　让我们再回到学部"五七"干校。公平地说，《围城》从未被当作重点来批判，或许认为它绝不可能重新出版，谁也不必再公开谈论其是非曲直。事实也摆在那里，包括并不趋时的革命文艺理论家，也不可能想得到，《围城》还能受到如此多的欢迎和赞赏，甚至达到"狂热"的程度，一下子有三四部续书写出来，甚至还有一本"之后"正式出版，引起法律干预。

　　从1977年5月7日起，学部更名为中国社会科学院。1978年8月31日至9月23日，钱锺书作为中国学术代表团成员，赴意大利参加第 26 届"欧洲研究中国"会议并访问意大利。团长为许涤新，团员还有夏鼐和丁伟志。1979 年 4 月 16 日至 5 月 16 日由宦乡任团长的中国社会科学院代表团赴美访问。1980 年 7 月 21 日，钱锺书被任命为中国社会科学院院务委员，11 月赴日本访问，在早稻田大学和爱知大学等学术机构演讲。此后，钱先生绝无仅有地向院领导提出"今后不再出国访问"的要求。1982 年 6 月 14 日钱锺书被任命为中国社会科学院副院长，后任院特邀顾问至 1998 年逝世。

关于《围城》作者这个阶段的诸多状况，我们回忆起来，兴奋之余总有一些遗憾。钱锺书先生作为中国文化和社会科学的表率人物，他的国外之旅，展示出中国文化的魅力，呈现了中国文化成就，表白了开放胸怀的壮丽之行，但未得到相应的全面记录、搜集和报道。在国内报刊发表的文章之中，最具权威性的是中国社会科学院副院长丁伟志先生写的《送默存先生远行》一文，非常精彩生动：

> 1978 年 9 月在意大利参加欧洲研究中国协会第 26 次会议期间，在意大利朝夕相处的二十多天里，我渐渐地更加深刻地领会了他的博学、他的才华、他的机敏、他的深刻、他的幽默、他的高洁。他当年的音容笑貌，至今仍历历如在目。记得在意大利北部山城奥蒂赛依举行会议的第二天，即 9 月 5 日的上午，钱先生在学者云集的大厅里，登台发表讲演。他用标准伦敦音的流利英语（不是像有的传记中所说的用意大利语），神采飞

在海外，和国内有些不同。美国哥伦比亚大学的夏志清教授于1961年出版的《中国现代小说史》一书，最引人注目。我说的注目，首先是从钱先生言谈中得到的。大约是1975年完成《管锥编》之前，先生方才读到友人借读的"夏史"。夏先生的议论一扫《围城》出版以来被表面化的沉寂，沉寂当中偶有称道甚至叫好，也显得苍白无力，既无共振，更无通感可言。夏先生的书，首先做到振聋发聩，他说："《围城》是中国近代文学中最有趣和最用心经营的小说，可能亦是最伟大的一部。"女主人公"是现代中国小说中最细致的一个女性造像"，甚至"差不多所有小说中的讽刺写照都非常令人发噱"。最有趣的是夏先生不但在他的书中设立了"钱锺书"专章，同时竟将小说结尾部分约六七千字的原文照录，其惜爱之情，溢于史表。

许多年之后，夏先生来京，曾专访钱先生。我曾在文章中提到其中一次有我在场，他们的谈话多使用外语。其间，我没听到他们说起《围城》。

1980年中国台北成文出版社的《中国现代文学研究丛刊》中有周锦先生所著《围城研究》一书，于1981年6月8日由马力先生从中国香港带来送给钱先生。客人走后，钱先生照惯例翻读一遍，在该书首页题字，仅称"观之笑来"四字，并判曰：所作"想是台湾文流也"。周锦先生以《围城》九章边叙边议，其最后结论是："《围城》不是顶好的长篇小说，但它有着不同于一般长篇小说的风格，有它特别的成就。"这样的评价，是关于《围城》最通行的文本格式，具有广泛的代表性。《围城》

作者把自己的主题思想艺术化，使用无以伦比的精美文字将其包裹起来，交予评论家，显然失策。

周锦先生著《围城研究》

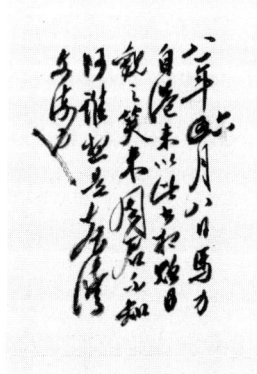
钱先生首页题字

直至1986年春，有多家欧洲报刊忽然预测，《围城》或将与"诺贝尔文学奖"相关，风声一阵紧似一阵。此前几年，钱宅曾有后来荣任该奖评委的马悦然先生到访。据我记忆，会面并未涉及《围城》本身，更没谈论"诺奖"，气氛算得上融洽。但两国顶级学人所谈，多使用非汉语，故我只能知其一二。正如夏志清先生拜访钱先生，所谈大部分使用英语，钱先生着力用中文说他们"不懂政治"，都给我留下深刻的印象。钱先生从来坚持原则看法，对自己的作品非常自信，他完全能正确判断，多数读者尚未读懂解谜，因此在自信基础之上，另添加几分自得。外界一切解说，一切所谓批评，他认为"浪费时间""分散精力"，甚至"自寻麻烦"显得"庸俗无聊""不得要领""根本没有读到读懂"等,正如前面所引致丁先生函中不易认明的文字:"今之世风仍然,亦可叹笑"矣。

报刊大刮"获奖风",钱先生问我:"有相熟记者吗?"我无法回答。因为历来怕记者叨扰先生,我经常有意疏远他们,免去为采访写稿一开尊口,或由此让先生拒绝招怨。这次钱先生问话,似属有违常态,故我多日没有回复,先生一定怪我"不知心",所以后来钱先生有了"瓮鳖"之喻。

3月中旬,有作协吴泰昌先生陪中新社香港分社记者来访,适逢其时,钱先生自然会被问到"诺奖"问题。访问者很快应钱先生之嘱,寄送来样稿,请先生审改。作者写得很谨慎小心,钱先生说:"一般记者胆子都大,可这位胆子小。"第二天,我从钱先生处带走稿子时,多了两页钱先生亲笔书写的加页,专谈"诺奖"。稿件经吴先生返至作者,后似乎在香港发表。其中关于"诺奖"部分,《文艺报》在第一版刊头,特别在北京发表了类似摘要的简明版本《著名学者钱锺书最近发表对"诺贝尔文学奖"看法》一文(见1986年4月5日《文艺报》,总478期,在此应特别感激长期在中国作协工作的寒小风先生帮助找得珍贵之文):

本报讯 "萧伯纳说过,诺贝尔设立奖金比他发明炸药对人类危害更大。当然,萧伯纳自己后来也领取这个奖的。其实咱们对这个奖,不必过于重视。"

著名学者钱锺书是在寓所接受中新社香港分社记者采访时,

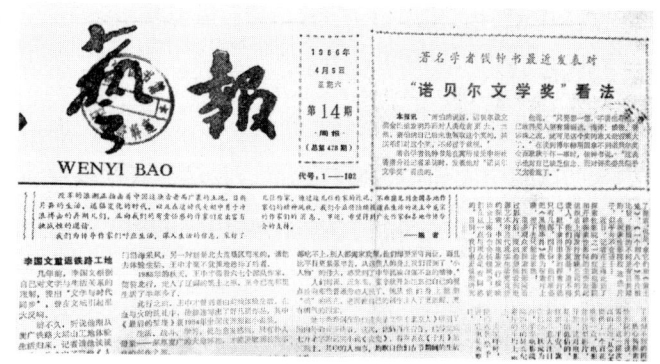

《著名学者钱锺书最近发表对"诺贝尔文学奖"看法》

发表他对"诺贝尔文学奖"看法的。

他说:"只要想一想,不讲生存的,已故得奖人里有黛丽达,海泽,倭铿,赛珍珠之流,就可见这个奖的意义是否重大了。"在谈到博尔赫斯因拿不到诺贝尔奖金而耿耿于怀一事时,钱锺书说:"这表示他对自己缺乏信念,而对评奖委员似乎又太看重了。"

作为新闻,来源含混;作为引录,亦不清晰。总与我记忆中的印象不合,更比先生平日议论内容少掉许多"诺奖"漏洞之例。但钱先生明白,他们"全是好心,怕我惹是非。几句话,也算可以了。诺奖,诺诺之奖,不过尔尔"。

"看法"文章发表之后,又有其他报刊相继转载,一时还不能为业界所理解,日子久了,也未得到普通读者的共识。先生话已说完,灯光熄灭,忙把大幕拉严,给文学和社科舞台留下遗憾、猜测甚至误解。为了补救，我们都认为应多搜集一些钱先生可以公开的言谈。钱先生曾说，事由《围城》起，我不能回避。奖是人家钱，爱给谁给谁，外人无权管，想管也没有办法管。评奖虽能激促或抑制文学创作，但不可能控制文学的走向。我只希望省时省力简单解决，却给好心马教授留下"窘境"；是咱们找记者，明明"请君入瓮"，不好意思，只能说是我被"瓮中捉鳖"啦，"对、对不起"。当时我照例不应钱先生的道歉，"对不起"，他老人家说的多着呢！先生所举更多"诺奖"误例被精简只是表象，究其根本，只欠一句话：请先把《围城》读懂，理解《围城》的主题，比争"诺奖"来得重要许多。给我发奖，并不能说明你读懂了《围城》。作为追随者，历来不应对先生话语——特别是文字，有解释或评论的义务和责任，由于本人属于知情的旁观者，只能如实记下感受的印象。当然，我也不可能随时在场，事事知道。我只求先生所在空间平静，时间足够，读书方便，不受干扰而已。

上面这条剪报证明"诺奖流言"不假，但它完全能阻隔流言成真。钱锺书和马先生"谈崩"之说，从未发生。

钱先生此举，宣示他并不理会热闹奖评，同时用这样一种办法来保证自己写作的充足时间。其副作用，是在读者市场产生了神秘色彩，拉开了和读者的距离。而客观上或许为"钱学"爱好者任由离谱文论迭出、谋私营利，创造了一些方便条件。今天，认识排除这种副作用，并不十分困难，只要提倡认真搜集、编审、阅读原作，就可以大致消除。一位友人曾说，钱锺书的著作是衡量我们阅读效率、认识能力、理解深度乃至学术水平的一把尺子,其中也包括传播方向、抗干扰能力。我赞成这个说法。

钱先生终其一生,对"诺奖"的看法从未改变。早在1944年之前,他就曾以游戏般的手法,借助"小说"对"诺奖""说三道四"过。钱锺书先生历来忽视自己的"少小之作",可他从不否定自己年轻时天不怕地不怕。小说集《人·兽·鬼》中收有《灵感》一篇,读者都不可能猜想得到,充分展现青年天才的靶标是这样的:"诺贝尔奖金的裁判人都是些陈腐得发霉的老古董","奖金人选发表以后,据说中国人民全体动了义愤,这位作家本人的失望更不用提"。年轻的钱锺书转身发挥想象,记录下全社会报纸社论的四种态度:一、大骂奖金主持人"忘本",因中国人比诺贝尔更早发明了炸药;二、异想天开,用贺喜的方式安慰作家;三、领外国人奖金,是一种耻辱,中国人应设自己的奖金;四、文学应该提倡,如果作家要自己出钱设奖金提倡文学,也该受到奖励。

我们需要回溯到20世纪80年代之初,钱锺书先生和"诺奖"评委马悦然先生的交往,说是两次,其实只有一次。第二次钱先生的婉谢,恰恰正值庆祝马先生受聘"诺奖"评委的同时。钱先生向我讲述谢绝马先生的具体经过,同时留给我一份他刚刚读过的旧报。因为那是一次关于《围城》和"诺奖"的短兵相接。

1991年3月9日,台湾"中央日报"中的《话题·人物》

专栏,有梅新·林黛嫚题为《只有中国文学　没有两岸文学》专访马悦然博士的文章。马悦然是瑞典皇家学院十八位院士中唯一懂得中文的人。一开始,马先生说明他目前是第四次来到中国台湾。

访谈中,马教授谈到他认为诗人北岛不可能得奖。其中有一节是专谈钱锺书先生的。除此之外,马先生还依次提到老舍、巴金、李锐、高行健、钟阿城等作家。按钱先生的说法,马悦然透露"诺奖"评奖内容,并不适当,不符合身份常规。但该报所刊有关钱先生的文字,钱先生很不以为然。先请看原文如下:

钱锺书是很有学问的人,我看过他的散文,但除了《围城》外,严格说来,他其余的著作不算是文学作品。我认识钱锺书,他不但很有学问也很自负。记得八二年我组团访问大陆,发表关于中国九〇年来研究文学的工具书,分为讨论长篇小说、短篇小说、诗、戏剧四个部分,原本还预备发表第五部分关于文学评论。我去函钱锺书,请他推荐一些优秀的作品,他说,有吗?中国有评论文学的散文吗?我没听说过,不能提供。他认为中国没有一位评论家的作品值得讨论。

1992年4月5日,钱锺书先生把这张将近一年前的一整版旧报——"中央日报"影印件递我之际,曾与我谈了一段长长的话,我当晚追记摘要如下:

台湾"中央日报"1991年3月9日影印件

据钱先生说：此系造谣，马先生从未有"去函钱锺书"之事。他与马先生的接触共两次：（1）1980年马先生曾赴钱府拜访，钱先生只与其谈"拉丁文"，马先生多次张口结舌，后向有关人士云，钱某用"拉丁文"将我考倒。该时马先生尚未成为"诺贝尔"评委。钱先生多次对别人谈起，他除有一个"枕头字典"外，并无汉学基础。（2）1982年，他在北京之际，正巧其评委聘书下，有那么两三位名人也趋之若鹜。语言所外办曾致电话钱先生，提出可否为此代钱先生送花篮一个，以表祝贺。钱先生婉谢说：可以替我贺贺，花篮之类就不必送了。后来马先生又托人提出再见钱先生，语言所人员又致电钱先生，问"马悦然先生欲见之，可否？"钱先生又以身体不好婉谢，致电者竟说:"您知道马悦然是谁吗?"钱先生应道:"马先生认得我,来过我家。"官员为之愕然,一切可以想见。此后,马先生再与钱先生无来往。大陆、台湾文学家为马先生应聘大兴波涛,后《光明日报》记者访钱先生,遂有该报载谈话文,对"诺奖"多有批评。钱先生说,此奖为"小国家出大名的好方法,除这种方法本身应得奖外,其他并不能作为评判之标准"。当然,不排除其间有好的名人,好的作品,甚至就是"马屁"之类奖者,也不失其为好的优秀之作,如1953年丘吉尔之获奖作品,可参阅四卷本《欧洲文学史》。此段公案将来或许有大白于天下之日也。不过"文人"说谎,未免有失体统。

贵明　92年4月5日清明节

钱先生日常谈话和文字当中,对"诺奖"的非议,实际代表着他对"文学评奖"的一贯看法。任何因素也不能改变钱锺书这些看法,其中包括与朋友马悦然的见面。钱先生有一句话倒是值得留下一个纪念:现在他和马悦然是朋友,如果他们想评奖而评不上,或他们不想评而评上了,再或者马先生想评而他不配合,甚至马先生终于评上他,而他却不认账,其结果都只有一个:他们再也做不成朋友了。

在一般读者心里,钱先生对"诺奖"的态度并不会让人感到意外。而钱先生从不偏执,更不拒绝对他本人精准、生动以及别致的评价。下面这一则评语是钱先生自己抄录,自己翻译的比利时非常著名的汉学家西蒙·莱斯(Simon Leys)1983年6

西蒙·莱斯　　　　　　　　钱先生抄录评语

月10日在法国《世界报》上所发议论。西氏本名李曼（Pierre Ryckmans），他曾多次来中国，受到过周恩来总理的接见。2014年8月逝世于澳大利亚以后，法国负责汉语教学的白乐桑总督学接受记者采访时说："西蒙写过的东西不算很多，但影响却很大"；"他文化水平与个人眼界要比常人来得高远和广阔"。西蒙先生来京曾见过钱先生，钱先生留下的便条原件尚在我处珍藏：

　　法国《世界报》六月十日，比利时作家西蒙·莱斯："钱锺书，难道我们就不能授予钱锺书荣誉勋章吗？他是一位天才的作家。从文学的观点看，他的作品不很多，但质量是非常高的。他对中国文学、西方文学及至世界文学的知识都是令人吃惊的。今天，不仅在中国，就是在全世界也是无法再找到第二个钱锺书。"

或许这条公开的言论记录，先生本人大致认可，所以他亲自抄留给我保存。每当我怀着景仰心绪读到那些赞誉文章之后，总会听见许多推拒之词，当然，这会让我们感知到先生的谦逊胸怀。但这次他并未按照惯例断然否定，而是抄下相示。其实钱先生从来就有着深深的自信、坦坦的自负，他既诚挚而又亲切，永远记挂着你的理想和实现理想的难处，把自己"登泰山而小天下""开拓万古"的心胸，真切地传递给晚生求学者。这种内心响应，绝不是空穴来风。

本只为《围城》记些琐碎事，希望能帮助年轻的读者深入了解大书《管锥编》，首先应该正确认识小说《围城》。一文论一小说，不能缺位，作此文初心如此。不料却越写越多，不可收拾。这些有关《围城》的零言碎语当中，一律不搞对号考索，尤其注重原作文本，同时尊重历来读者和评论家发表的观点和结论。

惜墨如金的作者认为，《围城》正式出版已经久远，中间又经历了几十年的禁绝，要给读者和研究者以充分的时间，大家才好对话。特别是到了20世纪90年代初，电视剧开播，观众并不了解作为小说的《围城》，更不要说拿两者进行比对……需要时间，需要等待。先生每道及此，总爱提及自己的爱女钱瑗。"等会儿，阿圆最爱说这句话"，他学女儿的口气，"等会儿好吧！"

不曾料想，一等三十年、四十年、五十年都已过去。

十、余话(下)

1989年,在钱先生寿诞之前的两三个月,中国社会科学院副秘书长杨润时询问明年如何为钱先生庆祝八十大寿。我们商定出来一个先生肯定能接受的方案:将我们俩共同精校很久、未曾出版的《写在人生边上》提上日程。他正式提出应说服钱先生同意把《围城》搬上荧屏,我说:"没人能攻城拔寨,我也试过几次,望风大败而逃。"杨润时先生照旧条理清晰地说:"第一,《围城》其次,他的学术方才是国之大器;第二,强攻不得,需要智取。"灵光一闪,高人议论,当然高明。我说:"钱先生常说他写《围城》时,生活艰难,杨季康包揽家务,几乎饿着肚子写了几个剧本如《称心如意》《弄真成假》等。黄佐临导演,选中季康大作演出,票税不菲,我荣任'杨绛之夫'。深情相助，未及酬答。"杨润时先生说："妥了，城已拿下。"不久，钱先生指着我鼻子说："一定是你多嘴，黄佐临女儿黄蜀芹来了，带来他爸爸一封信，要拍《围城》。"我理亏心虚，先生又确认无疑，我暗下决心，不再多嘴泄密。

可惜，没有多少日子，我再次犯了大错。杨绛先生说："拍电视的要来见你钱先生，钱先生已经谢绝了。""对，有书在，自己读多好。"杨绛先生慢慢说，"是主要演员都来。"她一位一位数下去。这时我说了一句不该说的话："他戏演得很好，他的夫人名气也大，您二老不是夸了好多年？"事情再次扭转，万幸的是，事情过后钱先生没有当面批评。《围城》电视剧大获成功，杨润时先生曾表扬我说："是你出力，把《围城》送给中国人民大众。"这让我大出意外。

关于电视剧《围城》，在我存有的录音资料中，总共记有六次：

1. 1990年10月28日：莫尼克女士在场。

钱先生："电视剧还拍得可以。陈道明说他没拍过这么好的戏。""朱寨看了吗？"

2. 1990年11月4日：莫尼克女士在场。

杨先生："电视有几处要改。一是苏小姐在自家称呼不对。

二是赵辛楣给'他们订一房间'是不对的。李慎之发现《飘》的背景不对。"

钱先生："我本来看都不要看,她和女儿把我按下来看。"

杨先生："按下来看两眼,又跳起来。"

3. 1990年12月9日：电视里正在放《围城》的带子。

钱先生："昨晚的《围城》看了吗？汽车还有点像。""他们努力,拍得还可以。"

4. 1990年12月16日

钱先生："现在总算演完了。昨天晚上三集。我不看。一看还要仔细翻书,书里埋了很多线索,对话也删得可惜。我的对话比起曹禺来不知要好多少。总体拍得算好了,谢谢他们。"

5. 1991年2月24日

钱先生："引来了《渴望》,把我救了。"

6. 1991年4月7日

钱先生："《围城》又要播了,新加坡也要演《围城》了。

我还看《西游记》。"

有一个小的问题应该表述一下。文学是我的职业，但专业却在古典文献，因此不容置喙红透半边天的影视。而今仅选取相关两事姑妄言之。我认为文学是影视核心要件，影视的基石永远是文学。

其事一，经常有朋友问我，《围城》电视剧可否再拍？我综合钱、杨二位先生的零言碎语，略述一二。黄蜀芹导演的《围城》电视剧，已达到高水准，沿原途再拍，肯定不易突破。而提高对原作的认识，置文学于统领地位，首先是高精准再现《围城》全部或大半对白，辅以必要的素雅场景，简明情节，企盼可以构造新型的"文学电视"。钱先生常说："二流的文学作品，往往容易拍成好电影、好电视。"对待他老先生的"一流文学"，只能以电视衬托文学，不能用文学辅佐电视。

其事二，钱、杨二位先生惜时如命，他们也不是不看电视，更不反对看电视，只是绝不长时间连续看电视。钱先生喜欢《西游记》，小说、电视剧、动漫都看。恐怕不会有人相信，我见他在看电视，都是站在电视机前，还经常触屏指点孙大圣什么地方违背了原作者之意。然后，走到电视后面书桌落座，大笔一挥，写出一篇又一篇小文，为《西游记》鸣冤叫屈，匿名寄往上海。编辑在不知情况下，目光如炬，即时上报发表。如今不知有没有钱锺书爱好者，可以协力在1985—1987年间的《新民晚报》上寻找这些佚文。现在我们如能把这些小文辑到钱先生名下，甚至收入《钱锺书集》，那该多么有趣。

　　杨先生晚年视力下降，看书不宜过多，所以电视也看得多了一点。一个偶然的机会，她向田奕讲起看电视剧《大染坊》的好印象。田奕说："那位作者便是以钱先生为师的陈杰，钱先生把他的学习汇报信，转交奕老师，钱先生建议多给他帮助。他还帮助咱们到北京医院照顾钱先生一个多月，解决了大困难。"

　　我想起先生生前，曾将一位"文学青年"陈杰的十多封来信交给我，言明此人乃"通"者，由我负责回复他、帮助他。我们书来信往，神交而尚未谋面。但钱先生的一个"通"字，分量颇重，因为先生评论我和我的同辈，多用"不通"从严要求。日后钱先生重病遭遇困难，陈杰自己开车来北京，送来专业的护理人员。那时我进出医院也只能用"翻墙"之法，约陈杰一起去见先生，他说他敢"跳墙"，但不太愿打扰钱、杨二位先生，他只要求我能和他谈谈。不曾想到一谈，他拿出已相当破旧的老版《围城》，让我随便翻到一页，便开始向下背诵。浓重的山东口音以及精准的语气和表情，使人震惊。直到半个小时左右，经我多次制止，他才停下来，背诵没错误。我一下子明白，钱先生为什么唯独说他"通"呢。那天我查了他给钱先生的信，主要是涉及西方文学理论和作品的问题，信中并未提及《围城》。我把见面一事告诉先生，先生说："我害他吃苦，你应该好好帮帮孩子。"我曾询问他《围城》小说的主题立意，他回答得似是而非。我按先生本意使其"顿悟"。后来在我建

大染坊

杨绛先生为陈杰题字

议下,陈杰开始写电视剧剧本《大染坊》,获得了享誉全国的好成绩。

当杨先生得知"隐身"陈杰的全部细节后,要来山东人民出版社出版的《大染坊》原作,老人竟一口气读完,夸赞有加,还说自己眼尖,看出了贵明的影子。杨先生应允田奕顺水推舟的请求,用毛笔郑重题写了书名"大染坊"的三个大字,并写上自己的名字且加盖了图章。

后来她又觉得那样做会引得别人来要题字,怕惹事。她说:"书名,我给你们钱先生写,还给贵明写过,这是第三个……好吧,签名去掉。我有几点意见你可以转达陈杰:第一,写小说一定要写自己熟悉的领域,写染布,让人如临其境,作者也像个漂染大师,但不让人嫌烦,不容易;第二,人物名号一定要符合人物身份。像卢家驹的表妹,后来成了媳妇,也是大户人家小姐,'翡翠'就是一个不能用的名字,那只是个丫头的名字,一定要改;第三,不是建议,我只是觉得这不像陈杰的第一部作品,因为手法很老练。"当陈杰再版那本书时,印的这个未署名的题名,便是杨先生所题写的。可惜,陈杰根本没有机会按照杨先生的意见改正。他因病早逝，遗作多有，他没有辜负杨先生的期望，作品一部比一部好，比如《大磨坊》《勿忘我》《旱码头》等。令人意外的是，多年任国家电影艺委会主任、《电影艺术》主编的王人殷女士认为，《勿忘我》是电影文学之"上品"，可谓天下英雄所见略同。杨先生的"人物姓名学"，使我们对《围城》人物命名作为"引语"，增加了许多新的感性理解。

崇拜钱、杨二位先生的陈杰，机会很多，但终生并未见到钱先生，红线他只有一条："绝不打扰"。钱先生逝世，他只说了一句话："先生去了，世界从此平淡，今晨是我永远铭记的黑夜。"共二十一个字，我记得一字不差，可查当年出版的《一寸千思》。

由于《围城》读者和研究者主要集中于知识阶层，故而作品引出诸多的考据和索引之作。就我个人而言，经历了20世纪六七十年代，主要是"文革"时期，不能公开研究探索《围城》，书很难见，甚至谈论亦有所不易。我向钱先生求教这方面问题既不系统又不完整，我在本书前边的《大书出世》中，已举了一些"经解"类的问题，如"中庸"等，那无非只是断章碎简式的笔记式记载，而属于更高更大的"解经"类题目，诸如整部古籍的真伪问题，整部的像《周易》《史记》《左传》《水经注》《竹书纪年》《论语》等，更大部头的像《永乐大典》《四库全书》《太平御览》《册府元龟》等，已为人讲授阅读内容、使用原则及方法，我均在钱先生安排的"中国古典数字工程"中记录并予实施。当时"解经"最重要的一部是《列子》，钱先生对早已被盖棺论定为"伪书"的结论，予以彻底的推翻。从那时开始，不论在"经解"还是"解经"当中总会涉及"考据"。钱先生是考据大家，在50年代他和陈梦家先生有很深的私交，便与"考据"相关。钱先生一直认为"考据"不是目的，仅是一种手段。与其直接相关的"版本"问题，钱先生历来有高明的见解，同时也有卓绝而简单的解决方法。因"考据"等词不宜，钱先生历来不愿将其与《围城》相联系，故而我们一直以钱先生最喜欢读的《福尔摩斯探案集》主人公作为代词称之。从我来文学所上班开始，直到离开北京医院为止，三十几年间，对那些谜一样的历史文学问题，总以暗语"福尔摩斯"称之。因此《围城》主题的"福尔摩斯"有时用中文有时用英文，还有时干脆以字母"H"代替。例如：

钱先生如果问，"他——福尔摩斯，可以退休——？"我会反过来作"问题最后解决了"或者"不——能退休"，或者"失业了""误传了"等，均以"H"为结尾符号。

因此，最后先生向我非常明确地说明《围城》主题是"人，人类，人类的困境"等，那条记录中间插入三个"H"字母。那些在"H"下亦记着"无毛两足动物"之语，乃转移视线之掩饰语也。这次总算是把相关内容和秘密符号，都已交代给诸位读者了。

关于"H"之谜的最终说法，我笔记中有一节对话，清楚地在"H"下面写着：

钱先生说:"我的话,不能随意散播。"

我说:"作者本人的立意总应叫人知道。"

他说:"那当然,但不是现在。"

我说:"一旦公开,保证会增加许多说辞。"

他说:"恐怕最多是装作早已知道,不予理睬,明白不久以后,才会形成新的结论。"

我说:"这另是一种幽默。"

他说:"不,应该是'笑话'。"显然,先生是拿话扫我,转念一想,令我忍俊不止。先把小故事记完整。

我说:"方鸿渐的笑话。"

他说:"不,钱锺书的笑话。它不属于笑话那种骤然的主观合成,而是逐渐由话语堆积而成。"其矛头非指文学,而指向沉闷无智的文学研究。

我的资料当中有一页作废的表格,内容是《围城》和《管锥编》关系表,只因给钱师看过,所以有特殊意义。日期确已忘记,先生说过"不予立案","你又和'H'联系"之类,我记录在案。钱先生那时忽略了,所谓"立案""线索"之类,恰恰是"冤假错案"的代称。当然,否定之否定,它还应该有一点参考价值,起码可以证明我学习努力的态度。原为竖表,略作修正,今排为横式。

作品题目	《围城》	《管锥编》
出场人物	方鸿渐	钱锺书
作品主题	人类生活困境	人类文化困境
作品分类	文艺小说	文化论述
著者身份	作家	学者
系统特征	情节弱化　加强人物思想	经典引论　貌似碎片体系
证据来源	生活社会	历史文献
表述外壳	文学——感性	哲学——理性
论述内容	具象——有情	抽象——有义
研究对象	今日——人和人类	昨日——人和人类
沟通方法	交互——融通	罗列——印证
限止范围	有限扩展	无限归纳
成果技巧	语言文字	逻辑思维
成果名称	人物表演	理论构建
成果目标	艺术化	科学化

此外，经钱先生确切记载而往往被研究者所忽略的还有一条。据《槐聚诗存》第106页有《偶见二十六年前为绛所书诗册，电谢波流，似尘如梦，复书十章》中有"荒唐满纸古为新，流俗从教幻认真。恼煞声名缘我损，无端说梦向痴人"。绝妙好诗之下自注云："余小说《围城》出版，颇多痴人说梦者。"此记载似与"H"完全无关，但亦属于"H"之下，显然亦有大疑问待解。现今我只可依"自注"确定诗作是在《围城》出版"之后"，但又编诗于1959年栏下，题上又称"二十六年前"，当年我一定持之询师，师以手一挥曰："H？似尘如梦。"我立刻退下，记下多出的四个字，同时逃避扣我"痴人"之帽。

最后，以上关于《围城》艺术和主题的探讨，仅仅是个开始，尚须深入，有些问题需要在本文最后特别说明。

《围城》作为《大书出世》一文起始话题，日积月累写出九段，恰合《围城》九章之制，故以简称"九段"称之，以免在成千上万钱学研究著作里检索重出。或者可证：人类写意《围城》，《围城》镌刻人类。

钱先生三十多岁出版《围城》，六十岁写作《管锥编》，他一生中两部重要而杰出的作品，显然存在一个共同主题。对严肃主题的表述过程——主、客观两类证据的推导，方式虽然不同，但标志着同根所生两本大书，孕育细节处处可证，经历艰苦思索的收获，一经装入灵变的钱氏文字里，瞬息之间便可进入极高的学术和艺术境界，取得令人感佩的美学价值。

作为一名《管锥编》"出世"的在场人，事实证明，一切并不如想象那样简单，那样如意。因此，我应该把故事告诉读者，只把同一件事集中一处，不作情节构造，也应原谅我记忆的缺欠，以期独立回忆，相辅相成，取得共识。

不要认为《围城》仅仅是一部奇特的小说，它离《管锥编》很近，甚至就可称之为"姊妹篇"。但是读者应该不会去"考据"甚至"引证"钱锺书两本书的"矛盾"，特别是用小说《围城》挑衅学术著作《管锥编》，就难免牵强附会。如果拿《管锥编》来证明小说《围城》什么，倒是能达到"新鲜可口"的效果。小说作为文学样式，当然不同于政治、法律、历史作品，一经完成，便可以铸定其主旨，就是小说作者也说了不算，算了不说。但是，作者对自己苦心经营的一部小说主题可能性的声明，必能引起读者极大关注。谁也不应该像"红学"研究那样，囿于版本的错落，而对于大量异文无可措手足，让读者读完了，感觉糊涂，甚至糊涂其一世半生。

2014年，一位远走海外的同事蔡田明先生专程到访北京的扫叶园，以求深入了解钱锺书。多日素心深谈，他表示对我旧存的钱锺书相关资料兴趣极大。主要目的达成之后，他将战场转移向理论方面。他希望我能纠正偏重"古典数据"厚古薄今倾向，鼓动我下笔能直接面向钱锺书，不再设定"不写不发表"门槛。

那时，按钱锺书规划倡建的"中国古典数字工程"基本完成，并转入"扫尾"阶段。同年，由新世界出版社发行了上下6500年的《中华史表》，同时还印行出一百多位古人的著作集，从而使我国历史上实有的太昊、炎、黄、尧、舜、禹等重要人物不再被空置，初步达到了钱锺书先生"开拓万古"的伟大目标。

想来这是自己的最后一段时期了，当时乘敬爱的杨先生健旺，能把得住关口，我应该向中国文化和读者负责，开始把干校前后多年听到的、记下来的，以引录《围城》原文为本，叙说钱锺书先生相关的言谈话语。编排方法应按我的理解排序，尽量使引文完整，在记录钱先生的同时，希望能帮助读者方便认识《围城》这部人类伟大的文学作品。深入阅读和理解《围城》，能帮助我们了解并开始接近不易为人理解的《管锥编》。要说钱先生的大书，谁也不能绕过《围城》。

我还必须郑重声明，对这些记载的真实性我个人负责。出于这些想法，于是有可能利用"边角"时间，得以再着手整理《管锥编》诞生逸闻之《大书出世》草稿。倡议者不断施压，受逼人不能违逆不化，试试也罢，先由《大书出世》中抽出这些有关《围城》的内容，或许可以争取读者帮助，为我找到不再写下去之理由，以乞停止劳作，苟享晚逸之期。

本书得到孙立川、陆文虎、许德政诸先生教益，敬谢不一。

2017 年夏于扫叶园

第二部分　附：请评集

一、读《小说逸语》

陆文虎

栾贵明先生的《小说逸语》是研究《围城》的一本新书。我读后颇受启发,发现了许多会心之处。虽然目前已经有了众多诸如"《〈围城〉研究》""《〈围城〉导读》""《〈围城〉赏析》""《〈围城〉批判》""《〈围城〉论》"之类的专著,但是,《小说逸语》仍有其重要的地位。

作为后辈、同事、友人、学生和追随者,栾贵明先生曾经与钱锺书先生交往三十多年,成为钱先生事实上的学术助手。所以,他有机会聆听或者看到一些钱先生关于学术研究和文学创作尚未公开发表的意见。他把这些意见记录下来,就成了非常珍贵的研究资料。《小说逸语》没有如高头讲章般走平常路数,而是从细微处入手,如数家珍,娓娓道来,全书都是如是我闻，却真实可信，引人入胜。

《小说逸语》记述了钱锺书先生关于《围城》主题的明确表达，那就是"人，人类，人类的困境"。钱先生在该书中写了我国现代文学中着墨不多的"某一类人物"，所写到的只是一小群人物，但却能够充类至尽、穷神极相，以形而下示形而上，深刻地描摹出中国人历久积淀的文化心理，揭示出全人类的生存困境。作者旁观人生，指点世态，书中虽无大段说教之词，读者却能为人物和事件所感染，对人生恍然如有所知，从而获得一种觉悟的快乐。

《围城》所描绘的乃是人类理想主义和幻想破灭的永恒循环。经过作者的艺术想象和创造，《围城》中时起时伏，处处申说的，都是理想的不断升腾和一再破灭。经常是事将成矣而毁即随之，浪抛心力而已。人们终身处于"围城"境遇而不自知，经本书作者点破，始深然之。"道阻且长，欲往莫至"，"是浪漫主义遥远理想的象征"。

《围城》主题的另一种寓意，便是西方存在主义所谓的"众里身单"。钱锺书先生曾于20世纪30年代后半期在欧洲游学三年，亲身经历和体验了高度的现代物质文明社会，并且认真研究过包括存在主义在内的多种西方社会思潮。钱先生对存在主义哲学家海德格尔、雅斯贝尔斯、萨特及存在主义哲学的精神之父克尔凯郭尔十分熟悉，曾在《管锥编》《谈艺录》中多次征引。在存在主义者看来，现代社会固然是高度物质文明的社会，但是人却受到空前的挤压，人格与世界、身体与周围环境、自我与外部世界的严重对立以及世界的内在不合理性和分裂，等等，使人类坠入异化、隔膜、孤独、无助，所谓"众里身单"的精神苦闷境地。《围城》中的方鸿渐自从留洋归国，尽管时时处处与人应酬，稠人广众之中也曾抛头露面，却"觉得天地惨淡"，深切地体会到"拥挤里的孤寂，热闹里的凄凉"，常常感受到一种难耐的内心孤独。

《小说逸语》不仅记录了钱锺书先生关于《围城》和文学创作的许多深层次思考，还详细地记述了钱先生的用字艺术。以成语为例。成语是比较复杂的汉语言现象，有的是词，有的是词组，有的是句子，有的甚至是文章（故事、掌故），钱先生却认为"成语不成"。于是，他不仅自铸伟词，为现代汉语贡献了新词，还活用语词、成语，使得笔下的文字更加生动鲜活。我也曾常常到钱先生家里，听他指点文坛、谈笑世事，种种言说，不仅独具只眼、入木三分，而且不时将旧词新用、妙语连珠，美不胜收。

《小说逸语》还传达了许多极有价值的信息，例如，钱先生竟然早在1984年就提出用计算机处理中国文学的数据，他对于"中国古典数字工程"的先见之明，更是令人惊叹。他大力倡导、积极支持并具体指导了栾贵明、田奕诸先生的古籍电子数据化研究，取得了划时代的成果。

《小说逸语》还透露了钱先生要用"小说打败小说"的想法，这让我想起了塞万提斯想用"骑士文学打倒骑士文学"的用意。这是一个寓意深远、非常有价值、值得深入研究的课题。

栾贵明先生是北京大学古典文献专业出身，现在却成了文科电脑专家。举凡文献学、编程、统计、大数据……都驾轻就熟。书中各种数据统计随处可见。

说来有趣，1942 年，钱先生曾讲到《谈艺录》的成书经过："余雅喜谈艺，与并世才彦之有同好者，稍得上下其议论。"友人冒景璠督撰诗话，曰："咳唾随风抛掷可惜也。"于是，钱先生逐条笔记，就有了《谈艺录》。栾贵明先生把钱先生谈话中关于《围城》的话一一记下来，于是，就有了《小说逸语》。

读了《小说逸语》之后，我十分期待栾先生记述《管锥编》诞生逸闻的《大书出世》早日问世。我深知此书必能助我真正读懂《管锥编》。

附注：陆文虎，早年师从钱锺书挚友郑朝宗教授门下，毕业于厦门大学，博士研究生。在长期的军旅生涯和繁重的政治文化艺术工作之余，也坚持对祖国和师长的承诺，不忘初心，经过漫长努力，成为钱锺书先生首肯和认可的学术研究专家。退休前曾任解放军艺术学院院长。

二、胜解的意义
——说说《围城》的《小说逸语》

范业强

《围城》是一部可以令人读很多遍的小说。喜欢它的人太多了,七十多年来,一直如此,真可谓是经久不衰的好书。喜欢《围城》,想知道它是怎样创造出来的人也很多,为此出现了许多关于《围城》的解释与评说。评论多了,有没有较为贴近作者创作意愿的呢?有。杨绛先生于1985年写的《钱锺书与〈围城〉》一文中说:"在《围城》读者里,我却成了最高标准。好比学士通人熟悉古诗文里的来历,我熟悉故事里人物和情节的来历。除了作者本人,最有资格为《围城》做注释的,该是我了。"这是对《围城》的偏爱者说的。若仅就小说《围城》的创作过程及其文学性而言,杨绛先生于《围城》所说的一切,均当属《围城》正解。然而,《围城》近三十年来又出现了新的、使人费解的问题。很多人提出：作为大学者的钱锺书，何以能于七十年前写出产生了巨大社会影响力的小说《围城》呢？这是一个大问题。钱锺书，既是作家，又是学者。这是钱锺书先生对自己的定位。问题是，作为作家的钱锺书与作为学者的钱锺书，两者之间是怎样的关系？两者之间的必然联系又是什么呢？这的确是个难解的问题。万幸的是，钱锺书先生不仅有一位文化修养深厚，且与其相濡以沫几十年的夫人杨绛先生，还有一位三十多年如一日忠诚可靠的追随者栾贵明先生。栾先生以其多年受到的近于耳提面命的教诲与熏习的经历，写出了从《围城》出发，以作家的文学性、学者的学术性和方法论及人格特征等多重视角的高度看《围城》及作者的专著——《小说逸语》，这是一部多维度研究钱锺书的不可多得的好书。

莫逆于心的交情

栾贵明，1964年甫从北京大学毕业分配到当时的中国科学院哲学社会科学学部文学研究所工作，即开始了追随钱锺书先生的脚步，日日不辍，直至先生离世，凡三十余年。自栾贵明到了文学所，钱先生的生活即开始了变化：先是栾贵明包揽了先生借书、还书的事务，一包就是三十多年。后来，先生大多的家庭事务也渐渐由栾贵明负责。再后来，先生很多对外联络的事务也由栾贵明负责了，包括为先生收发信件和写一些复信。这期间，栾贵明不仅与先生在"文革"时期患难与共，而且在先生创作《管锥编》《谈艺录下》两部可以说最重要著作的过程中，亦付出了极大的心血与劳动。一年365天，虽非天天见到先生，却也是一两天就见先生，要么做事，要么受教。

栾贵明以师事钱锺书，钱锺书亦不负他所望。在文学、史学、文献学等诸多领域，栾贵明得到了先生的悉心指导。读什么书，怎么读，甚至怎样做笔记，钱锺书对栾贵明的指导绝对做到了极致。值得一提的是，在钱先生的指导下，栾贵明系统地研究《永乐大典》，做了几万张卡片，几十万字的读书笔记，成了不折不扣的《永乐大典》专家。此外，至于钱先生对他耳提面命之所教，他自己耳濡目染之所学所得之受益，则是远非其他学人可以比肩的。如此，若将栾贵明之于钱锺书譬喻"子路受教"，当不为过。不过，若将栾贵明之于钱锺书譬喻为"阿难侍佛"，也许会更有意思。

二人如此交集三十余年，当属至交，说为"金石之交"亦为不过。这样的栾贵明，宣讲钱锺书的《围城》，信乎？妄乎？

以小说的技巧打败小说

栾贵明先生的《小说逸语》，篇幅不是很长，信息量却非常之大；因为他绝非仅仅是在为《围城》的文学性做注，而是更注重钱锺书先生之所说所做和学问。这是最难能可贵之处。

栾贵明先生说《围城》开宗明义。《小说逸语》在"开头"

一章就提出了钱锺书自说《围城》的两句话：第一句，《围城》是"一个字一个字写出来的"，这是说一个好的作家和学者的基本学养，是成就事业的前提。《小说逸语》从"选字、构词、引语、造句、成章"诸步骤分析《围城》的写作特点，实际上是在赞叹钱锺书先生高超的"炼字"功夫和修辞学素养。然而，这仅仅是成就伟大的基础和前提而已。钱锺书先生的第二句话："我三十多岁写小说《围城》，想用小说原本技巧，打败小说。"这是具有很大爆炸当量的语言，可以说是古今中外绝无仅有的一句话。栾贵明先生披露了钱锺书先生的心里话，其价值于"钱学"而言无论怎么说都不为过，因为这句话不仅隐含着钱锺书先生的"三观"，而且展现了他的学术观，这是只有作为学者的作家才能说出的话。栾先生作此披露的目的，全在于引导人们如何读懂《围城》，读懂钱锺书。实际上，《小说逸语》整本书，就是围绕着这句话在解读《围城》，解读钱锺书。他要告诉读者：倘若不懂作为学者的钱锺书，那就很难读懂《围城》；或者说，倘若读不懂《围城》，也很难理解作为学者的钱锺书。栾先生之用心，真可谓良苦矣。若对栾先生所云钱锺书先生这句话的含义加以概括，套用《小说逸语》引用《围城》的一句话会十分贴切："一句话的意义，在听者心里，常像一只陌生的猫到屋里来，声息全无，过一会儿'喵'一叫，你才发觉它的存在。"这是既适用于对钱锺书的解读，又恰似栾先生自况的描述。这于认识钱锺书先生，于认识栾贵明先生，都是耐人寻味的。

《小说逸语》从"以小说打败小说"这一句话出发，从三个角度（维度）展开了对《围城》也是对钱锺书的解读。

《围城》的主题

栾先生说，《围城》的"故事情节和结构，人物性格和际遇都非常简单，简单得让人吃惊"。那么，《围城》的巨大成功是哪里来的呢？栾先生引述了两段钱锺书的话来作说明。

其一，钱锺书于1946年《围城》初版序中所言："在这本书里，我想写现代中国某一部分社会，某一类人物。写这类人，我没忘记他们是人类，只是人类，具有无毛两足动物的基本根性。"栾先生在《小说逸语》中解释说："《围城》的主题是一个顶天立地的大题目，既是人类最根本的哲学命题，也是最深入的文学难题。"

《围城》是在写人，要研究人的"基本根性"。人的"基本根性"关乎两方面的研究：一是对于人类生理体质特征的研究（即体质人类学的研究对象）；二是对人的社会性的研究，这包括几乎全部社会科学及人文、哲学的领域。《小说逸语》将其概括为"既是人类最根本的哲学命题，也是最深入的文学命题"。然而，作为小说的《围城》，又是怎样参与了这种研究呢？栾先生引述了《钱锺书论学文选》中钱锺书自己的解释："作家不同于理论家的才具，正是表现在：对于人的情感溢亏生克的辩证法的揣摩，并探索其变化的奥秘。"栾先生不推论、不揣测钱锺书的意图,而是凭借对钱锺书先生及其著作的了解来判断《围城》的立意,让人不得不信服。这也是栾先生的高明之处。《围城》是在写人,写人的困境,当然是在研究人的社会性。

其二,栾先生引述了自己作为学生所听到的钱锺书先生关于《围城》主题的教诲,来解读《围城》的主题。钱先生说:"我立意写的是人,不单单是中国人,更不是留洋回来的知识分子。我一再说,我是在写人,大一点说是写世界人类的困苦。至于具体主题,我无法照明,仁者见仁,智者见智啰。"

作为导师的钱锺书告诉学生说,好的小说必须具有两个特点:一是写人,二是能够给读者留出见仁见智的空间。作为学生的栾贵明的感悟程度也很高,《小说逸语》中引用了他当年所写的笔记:"小说《围城》不是依仗情节和人物揭示作品的主题,而是主要使用人物在特定环境中的思索和语言呈现出作品的主题。"用"小说原本的技巧"创造出雅俗共赏的小说来"打败小说",做到了吗?有些作家做到了,于很多作家而言,谈何容易!钱锺书说,并不是"自以为要写就意味着会写"。

《围城》离《管锥编》很近

《小说逸语》还从钱锺书作为学者的角度对《围城》进行了深度考察,将《管锥编》的立意与《围城》作了比较,指出《围城》"离《管锥编》很近,甚至就可称之为姐妹篇"。为此，栾先生拿出了早年的学习笔记中的一张将《围城》与《管锥编》加以对比的表格来说明两部巨著的内在关联。

栾先生说，这张表格曾呈给钱先生看过，钱先生看过后笑称"不予立案"。对此，读者当如何看呢？这也是个见仁见智的问题。笔者以为，栾先生之所以将这个问题提供给读者，是因为其中包含了他对于《围城》，进而对于《管锥编》，乃至"钱学"的独到见地。

首先，栾先生认为，作为作家学者的钱锺书，将作家、学者合二为一，是一种为时势所成就的化合。因为，钱锺书的才具使其能成就其中任意一方面的伟大，至于到底成就什么，完全是时势使然。因为钱锺书"既不（要）做反面教员，也不做正面教员"，"既作'活麻雀'，又作'活老鹰'"。

其次，栾先生认为，若能将对《管锥编》的认知用于理解《围城》，是有益的。"如果拿来《管锥编》证明小说《围城》什么，倒是能达到新鲜可口的效果。"至于新鲜可口到什么程度，那是要读者自己去下功夫的。因为，《管锥编》是从"人类文化困境"的角度来说明人类的。

开拓万古之心胸

《小说逸语》说《围城》，更多的是在说《围城》的作者钱锺书。深入地了解一部好作品，必须对其作者做深入的了解。《围城》写人、人类、人生的困境；《围城》作者本人的"人生困境"又何尝不若《围城》所写人们的"人生的困境"？这是人生的诡异。原本可以成就伟大作家事业的钱锺书，又成就了伟大学者的事业。作家，学者，孰轻孰重？

栾先生说钱锺书先生治学一向以"登泰山而小天下"（高度），"开拓万古之心胸"（广度）自持，加上精勤不懈的努力才使他成了伟大的学者。《管锥编》只是他最为重要的学术成果，而更为重要的却是他的学术思想。《小说逸语》中数次提到的"中国古典数字工程"，就是钱锺书先生晚年时提出的，这个工程力欲将1912年前中国的全部古典文献数字化，从而促进中国传统文化研究的电子化。这是晚年的钱锺书于中国传统文化的最大的期愿，即使是病重在床，也常与栾贵明规划研讨这个工程。钱锺书给这个工程作了题词："拾穗靡遗，扫叶都净，网罗理董，俾求全征献，名实相符，犹有待于不耻支离事业之学士焉。"这其中，不仅包含着钱锺书先生对于中华民族满满的文化自信，也反映出他"开拓万古之心胸"伟大的学者情怀。可喜的是，在钱锺书先生离世后的二十年间，他所期愿的古典数字工程在弟子栾贵明和学生田奕的不懈努力下几近完成，近二十亿字的文献数据库已进入收官阶段，同时还完成了中国历史上最大规模的汉字梳理工作，形成了约七万字的汉字字库。可以毫不夸张地说，完成了的"中国古典数字工程"会在人类文化史上成为不折不扣的世界第一！古往今来，独一无二！于此，可否说钱锺书先生是一位伟大的学者呢？

结语

《小说逸语》的出版于"钱学"研究当是件重要的事情,它以多维度的视角引导读者更深入地理解《围城》,更深入地认识钱锺书。倘若细心的读者能够将时间维度代入栾贵明先生多维度解读《围城》和钱锺书的铺排中,那就自然会得到一个全面而立体的钱锺书,这对于理解小说《围城》大有裨益。感谢《小说逸语》为我们提供了"今天,不仅在中国,就是在全世界也是无法再找到的第二个钱锺书"(比利时作家西蒙·莱斯语)。无疑,这就是《小说逸语》的意义。

三、知人论文——读《小说逸语》

蔡田明

栾贵明先生近作《小说逸语》,为略显沉寂且凝重的"钱学"打开了本已堵塞的一扇窗,带来了新鲜空气,亮丽光线,如池塘活水来,又如大湖涟漪起。新学者,凭此"老马识途",顺路而去,当处处有发现感;老学人,重复回味,亦有意想不到的点铁成金或温故知新想。

小说从钱锺书自语的两句普通话起,娓娓道来,一一落实。第一句是《围城》是"一个字一个字写出来的"。看似平淡无奇,但人们读到了中国字的文化根茎。由此可见以字带出来的"胡闹""知能""电视""电书""精神文明"这些创意新词,也突破成语固定不可变的僵化思维,"秦晋之交"既示好又示恶,如《管锥编》所言"虚涵数意""比喻多边"。一切印证钱先生在大书开篇就讲明了语言文字的耐人寻味,仿佛人生一切从识"字"始。

第二句是写《围城》"想用小说原本技巧打败小说"。虽有些出语自负,如塞万提斯写《堂吉诃德》想打败骑士文学那般。可小说突出文字,一字一句,而非那些传奇情节、悬念故事、正反面鲜明主角,已属特立独行。这打败小说格局框框之举,从其中学老师强调小说要"静读",可深知作者之用心;从《围城》电视剧不及其语言精彩的万分之一,可见小说具有抗拒非文学的力度。

显而易见,小说早超越小说本身,留下"围城"这个永恒的话题。其主题既有一般"逃出来""冲进去"的人生困惑,更有新解"出不来""进不去"同样人生无奈。人生多样化也多解读。读《小说逸语》,虽不应以作者本意限制想象,人们却应感激那些给出作者不经意提醒的"自鸣得意处"。如此自命不凡,值得羡慕,何不自负。由此细微末端入眼,欣赏大家神来之笔,不亦说乎?

逸语亦是逸事。《围城》出版于1947年,一时洛阳纸贵。然而,很快就被尘封。直到小说、电视剧在20世纪八九十年代重出、上演,才再起波澜。涉及中外33个书封的版本,虽用来辨识盗版书多,却别有一番看头。当下早已成为畅销书。《围城》的魅力,更有《大染坊》作者陈杰背书做证。其生前在作者面前那倒背如流"没错误"的逸事,活现一个"《围城》迷"。

尽管将自己定位为"作家学者"的钱锺书，力求两者"化合"而非"糅合"，但一般读者甚至评论家，还是关注作家的小说多于关注学者的著作。

因而，从小说入门，进而走近钱锺书，就变得不可或缺了。尤其作者一再提醒，钱锺书三十几岁出版《围城》，六十岁写作《管锥编》。前者"人情"，后者"人理"。两书连贯相辅，"早晚心力之相形也"（《谈艺录》引言）。

《小说逸语》"催人猛醒"，可谓恰到好处，如餐食开胃酒，醍醐灌顶。

栾贵明与钱锺书实因有缘在一起，数十年如一日。尤其在那凄风苦雨岁月，难得信赖与私谊。既是忘年交，又是左膀右臂。大学问家要完成大书的目标，如同伟人成就事业，总需要身旁有人支持助力，得到种种方便或排除各类干扰。没有天上掉馅饼的"得来全不费功夫"。

栾贵明恰是钱锺书身边最受信任的"子路"。先生自嘲："我连名字都有书，默存更需是读不尽之书，还有三天两头让你这位子路同志运个不停的也是书。"弟子给力，做了"借书""还书"这最好的两件事，存下三十五年的借书条，可谓把大好时光给了先生。

书是桥，更是媒。把人与书联系如此之多、如此之密、如此之爱，莫过于两人的书缘情谊及谈笑风生话语了。栾贵明主理"扫叶园"，善师"钱法"，有效地处理了成千上万册古书之间的"流转"问题，使"中国古典数字工程"硕果累累，可谓古籍书香里的真门第。

栾先生的解读，虽为"小说逸语"，却也到处散发着作家学者的智慧才智，如同泄露的天机或佛家的玄机，我们除了感觉迟迟才出现的有无遗憾，哪里会嫌弃其在多少上不够。何况，知人论世、知人论文，有助于理解学习，一直是古今中外历代批评的好传统。

薪尽如何火传，知人如何论文，大家有纠结。陈寅恪晚年靠助手黄萱写出大书。期待死后"望能为文，以告世人"，因为她最熟其"治学之方法与经历"。惜其自知之明未能为文。

钱锺书生前厌恶传记为文，死后也似无期待。学问希望是两三人交心会意之事，问题悬念期盼如"石不能言最可人"。

然而，知己杨绛生前为其夫君作了最好的为文，也留下不十分完美的印记，如既要影印真笔记"拿得出"，就不应涂涂抹抹"放不下"，终成"花如解语还多事"。

栾贵明是大书出世的见证人，也是大书里的"讲古人"（粤语）。一代人有一代的心灵心声心迹，消失不再有。老天眷顾，自当珍惜欣慰，甚至私藏不外泄，随风而去。幸其能迈出那自设的"不写不发表门槛"，为读者提供这些几乎佚失的逸语逸事逸文。从这本刚出来的小书，见字里行间流动活脱的文句，真诚师谊敬仰之心，早已满满洋溢。谨慎担心怕误读，联想回忆靠证据，导致读者难作非分之想、妄测之猜。可以说靠真实赢得读者。

凡事熟悉才能真知。有"英国钱锺书"之称的约翰生，幸运有鲍斯威尔记言,写出几乎能盖过他一切文学作品的《约翰生传》,考其相伴身旁时间不过合计整一年。栾先生伴随"作家学者"三十五年,年年相见少说也"百来次"。"福尔摩斯"无须深入探案,"子路"早有现成腹稿,只须如实写出。知音有遇,读者知人;作家不再朦胧不清,学者不再遥远难及。"钱学"之幸事大矣。

四、抉发《围城》之谜,抒写感恩之心
——读栾贵明先生近著《小说逸语》

杭起义

钱锺书先生的长篇小说《围城》自诞生以来,就以其独有的魅力成为人们窗前灯下的读物,茶余饭后的谈资。后来,虽也沉寂一段时期,然而历史的尘埃终不能将之湮没,《围城》以其令人着迷的喧哗与孤独、幽默与深邃,走向更加广阔的舞台,成为一本世界文学名著。

赢得读者普遍喜爱的《围城》,其本身也是一座"围城",如谜一般,诱得许多人想冲进去一探究竟。众多研究者从小说的主题思想、人物情节、语言修辞等多方面展开研究,甚至不乏考据的兴趣。而钱先生生前对这些众说纷纭的观点,总的评

价不高，认为他们没有真正读懂《围城》，因此是"浪费时间""分散精力"，甚至是"自寻麻烦"显得"庸俗无聊"。（参见《小说逸语》）

怎样阅读《围城》才算是得其要领？怎样理解才算是读懂《围城》？中国社会科学院研究员栾贵明先生追随钱先生三十余年，因而得以近距离聆听教诲，并用心笔记，聚沙成塔，撰就《小说逸语》。此书围绕《围城》，记下钱先生宝贵的言辞心语，披露不少相关细节，为《围城》的正确解读提供了十分有价值的线索。

《小说逸语》"开头"说，钱先生谈《围城》有两句普普通通的话：其一《围城》是"一个字一个字写出来的"，其二"我三十多岁写小说《围城》，想用小说原本技巧，打败小说"（或谓"用小说打败小说"）。栾先生就从这两句言简而意深的话开始，分"选字和构词、引语、造句和成章"等九段，着重探讨《围城》的艺术造诣与庄严主题。

假如说《围城》是由一字一字编织而成的极其精致的"手工"作品，其文本形成的各道高难"工序"，自然饱含作者的苦心孤诣，而这些问题往往为一般读者甚至《围城》研究者所忽略。《小说逸语》首先就从"选字与构词"谈起。

钱先生说："讲究'炼字'，是一个悠久的传统。"他的小说《围城》在选字与构词方面，确实是一部有着丰富案例可资研究的经典著作。据《小说逸语》称，《围城》字斟句酌，共使用了不重复的汉字3317个，多于唐代因用冷僻字而被戏称为

"诗鬼"李贺的2629字，而与李白的3373字、杜牧的3130字相当。《围城》用字如此之多，钱先生选字之苦心可见一斑。栾先生举例说，鸿渐与张家"你我他"小姐"没有'举碗齐眉'的缘分"句，选一个"碗"字扭转了"'举案齐眉'的庄雅风致"，构成"幽默的冷喜剧艺术境界"，并且"一举推翻了语言学家把成语定义为'定型词组或短句'的主观构想"。其他如"坟起的脸"的"坟"字，"万目睽睽"的"万"字等，不一而足。钱先生驾驭笔墨的能力，也源自他对语言文字的卓越见解。他认为，汉语与外国语完全不同，外国语以词为单位，而汉语以字为基础，"一个字，一节音，就是文化基因"。就字与词来说，汉字深邃而稳定，而词语则广博而灵动，表现为相对随适，因此"现代词学"不能高居于"汉语字学"之上。当然，《围城》的构词同样是作者的"拿手好戏"。栾先生从小说开头随机选了"开驶""红消醉醒""睡人""兵戈之象"等17个词，以《现代汉语词典》查检，结果有16个词没有查到，命中率仅为5%。而选字和构词上的挑战，远比不上造词和转换词意之难。如"电视""围城"和"精神文明"三个重量级词语，就属于钱先生独创。特别是"围城"一词，"已经真正走向了世界，它带着厚重辉煌的中国文化特质，屹立于人类文学高峰之上"，它也不仅是一个词语，或小说的题目，而是"充分展示着人类文化繁花似锦以及令人迷茫、无奈和混沌的现实"。如果将视线从《围城》移至其他钱著，则更见新词迭出，精彩纷呈。如《管锥编》中的"通感""企慕情境""阐释之循环""言如鳖咳"等,无论是钱先生独创,或经其"发现"而"打磨"之后,都融汇中西义谛,丰富了人文学科的词汇、概念和理论。再如"中国特色的"(《中国固有文学批评的一个特点》),早在 20 世纪 30 年代就已经被写入论文,诸如此类,不一而足。可以肯定地说,在未来语境下,钱著中还会有许多"新词"不断脱颖而出,熠熠生辉。那么,可不可以这样说,钱先生小说之选字与构词,也是有意要"打败"小说呢?

再看《围城》中的"引语",包括"成语""人物命名"和"书名"等,都显示了汉语的强大磁性。虽然钱先生也谈"喻有两柄",或"形容词之情感价值与观感价值"等,但他不同意成语或典故有"稳定凝固"意义的结论。比如说,语言学家将成语分成"褒义词""贬义词"和"中性词"三类,而中文经典不支持汉语言的规范,"语文课本上规范的成语,往往被古代经典打得粉碎"。因为成语与典故一样,语境不同,语义就会发生相应的变化,所谓"成语不成"。比如"结为秦晋"并非只有褒义:秦晋两国"世缔婚姻,而世寻干戈"(《围城》第 336 页),《管锥编》中所谓"虚涵两意"是也。至于《围城》之人物命名,其"机巧大方",较《红楼梦》"胜计多多"。若将其中的二十位主要人物的名字用云数据计算,几乎与古人对衬,"以子之矛攻子之盾,吾师之幽默才智,旷古未闻,即为明证"。其他如书名等,不一一列举。这些"引语"独具匠心,正言若反,反言若正,其机趣与幽默能引出深层的啼笑,并有效推进故事情节,缩短作者和读者的距离。

《围城》的造句更见作者驾驭语言的"深厚功底和惊世才华"。栾先生挑选了不少语段,画龙点睛地点评,说明《围城》里的文句有如"花朵和彩云",又恰似"魔术般的变化",不啻《围城》作者的"夫子自道":"把这种巧妙的词句和精密的计算来抚慰自己。"钱先生的生花妙笔,绝不只是"天才加以努力修为的技巧",还少不了"对人类社会常识的深准认识"。但是,中国语文若抛弃这些语言"技巧",则"文学将不为文学也"。另外,《围城》还有对于"学术、艺术、习俗、政治、社会的细微观察以及华美描绘"。学术、艺术固钱先生之专长,而风俗习惯的心理揭示,一直是文学的难题,可是钱先生却能做到"灵动与深邃并举",如对无锡风俗的描述即是:"他们那县里人侨居在大都市的,干三种行业的十居其九:打铁,磨豆腐,抬轿子。土产中艺术品以泥娃娃为最出名;年轻人进大学,以学土木工程为最多。铁的硬,豆腐的淡而无味,轿子的容量狭小,还加上泥土气,这算他们的民风。"还有关于"世界政治"这个难题,"怕就怕回过头来看,难就难在向前看",可是《围城》描写时局,一如"前线观察"般精准,也不担心今人再"回过头来看"。

　　最后,在环境描写上,《围城》也表现了"非凡人类的想象",而人物素描则是其"特技"。精深的文字功底,"彪炳着钱锺书先生文学技巧的巨大成就"。主要人物不必说,即便临时出场的人物,也因作者的匠心独运,而让读者"过目不忘"。姑举一例:去三闾大学的路上,托王美玉找来的那位侯营长,开口一个"懂不懂",闭口一个"懂不懂",活画出一介"武夫"形象,读来令人心生鄙夷,又忍俊不禁。

《小说逸语》用五章来介绍《围城》的艺术成就,可见栾先生是为了告诉我们:从"炼字"到"描写",钱先生处处拿出难题,挑战自己的天才,以追求"用小说打败小说"的目标。我们读《围城》,很少有像栾先生这样欣赏与玩味的,而每一细节,经其指示,确实产生一种心灵的回响,余味隽永,如那只猫到来后产生的奇妙效果一样:"一句话的意义,在听者心里,常像一只陌生的猫到屋里来,声息全无,过一会儿'喵'一叫,你才发觉它的存在。"

《围城》故事情节简单,人物性格内在悲剧因素虽有卓越的描写,但其本身并不复杂,人物悲剧命运如怀特海所谓按照"自然法则"发展,而非中国传统文学"诗性正义"的胜利,遂产生一种"无胁迫感,无安慰感,独对众生且无待他求"的艺术效果(《中国古代戏曲中的悲剧》)。而其主题,历来研究者都是根据小说中几处有关"围城"的语段作出解读,类似杨绛给《围城》电视剧的片头题词:"围在城里的人想逃出来,城外的人想冲进去。婚姻也罢,职业也罢,人生的愿望大多如此。"(陈子谦《论钱锺书》第3页)对于这样的解读,钱先生虽然也予以认可,但仍然不能满意,多次表示《围城》主题尚未被"侦破视穿"。栾先生根据钱先生平时谈《围城》的点点滴滴,提示几点正确的解读线索:其一,"围城"一词本身的意蕴值得探究。《围城》写于"孤岛"时期,以往的文学作品也曾以"孤岛"触及人类生存状态这一根本问题,但"孤岛非人所为,绝不及'城'字含有如此深邃的人味"。其二,《围城》是部"思想小说",含有"庄重严肃的哲学主题",其情节安排和人物描写处于"下游从属地位"。或者说,作者"把传统小说中人物和情节当成辅助手段",主要借助"精妙的文字和人物生动机敏言语,推动读者逻辑思绪,产生哲学思辨的果实,从而描述不可名状的人生"。其三,《围城·序》(1946年序)是研究《围城》最重要的第一手资料,尤其是以下这节文字:"在这本书里,我想写现代中国某一部分社会、某一类人物。写这类人,我没忘记他们是人类,只是人类,具有无毛两足动物的基本根性。"最后,栾先生指出:《围城》写的就是"人,人类,人类困境,人生困境,全人类的困境——文学和哲学共同终极难题"。

《围城》以"某一部分人"来写整个人生的困境,"整个人类"的困苦。它"既是人类最根本的哲学命题,也是最深入的文学难题",无疑是一个"顶天立地的大题目"。如果结合《谈艺录》对王国维断言《红楼梦》为"悲剧之悲剧"的论述,《管锥编》里《诗经·狡童》《吕不韦列传》等相关考论以及《中国古代戏曲中的悲剧》等论文,就会觉得钱先生所谓"余小说《围城》出版,颇多痴人说梦者"诚非虚言(《钱锺书集·槐聚诗存》第123页)。无论如何,从主题上"用小说打败小说",可以说也是前无古人的。

至此,我们可以说,钱先生所说的《围城》"用小说打败小说"，主要是就其艺术成就与主题思想而言。也许他都做到了，因为他的成功也意味着他的失败："《围城》作者，把自己的主题思想艺术化，使用无以伦比的精美文字将其包裹起来，交予评论家，显然失策。"但无论作者"失策"与否，深者得其深，浅者得其浅，仁智之见并不影响读者的阅读兴趣。

除了披露《围城》解读方面的"消息"之外，《小说逸语》还谈到了"《围城》热"现象，如《围城》的出版、盗版、续写、评论等，此不赘述。其他细节还有：钱先生对"诺奖"的看法——"诺诺之奖，不过尔尔"，以及《围城》搬上荧屏的经过。并多次以《围城》为例，提到"中国古典数字工程"在作品研究中的重要作用，而其倡导者正是钱先生。

读《小说逸语》，不仅能够从"用小说打败小说"言论中得到启发，增进对《围城》及其作者的理解，还能够感受到栾贵明先生那颗感恩之心。他将自己记忆和笔记里的珍藏倾情奉献，告白读者，又像是与故人私语，默默交谈。他长期将钱先生唾珠咳玉之言记进笔记，细心揣摩，会心之处，总是喜不自禁，似是告慰逝者；他悉心体会《围城》创作上的诸多艰难，称赞钱先生的惊世才华和顶峰成就，是表达自己的骄傲之情与深切怀念；他对《围城》只能以"空城"称之的不满和惋惜，似乎也是钱先生的心声。细节的真实，言语的确凿，内心的诚挚，以至于许多言辞极似钱先生所说，或可称作"代言"。叨念，默念，想念；敬师，亲师，护师。尤其是钱先生对着"子路同志"那声"骑车给我小心着！"虽为回忆，却让人感觉昔人音容宛在。而那句"深深的自信，坦坦的自负"的评语，非"知心"者何以道出？

如此，《小说逸语》确是一部有助玩味、研究《围城》的著作。让我们引用栾贵明先生见到《管锥编》手稿时的感言，以表达对钱锺书先生的谢意与缅怀吧："满目疮痍的手稿，当其展现在我们面前时，谁也禁不住会对这位伟大学者、作家、艺术家感恩，谢谢他用超人勤奋和精思熟虑的思想成果，为我们的观感和心灵赐福。"

五、解人解语

张建术

栾贵明先生的新著《小说逸语》，我是在见到书的当晚（10点至凌晨1点）一口气读完的，可见其写作上的成功。

此书给我的突出印象是页页不兑水，言之有物，行文爽利老到，兼以借台打擂，自成风貌。每有旁征博引，皆是有的放矢；时常钩沉溯源，辄伴人物声情。文白相间，夹叙夹议，把一本学者文章，写得风生水起，颇得了些钱锺书先生的真传。

其实，这也正是中国古代文章的传统：直觉加逻辑，感性加理性，性情加气韵。曾经有一位否定鲁迅的朋友称颂鲁迅发明了杂文，我说其实那是中国古代文章的正宗，哪是鲁迅发明的？贾谊、嵇康、韩柳欧苏，不都是那么写吗？实则是一脉相承，别无分号。

向世人展示耳闻目见的钱锺书先生，是栾公贵明多年前就该做的工作。晚是晚了些，但此时回眸，或许有看得更清晰、更全面之利。屠格涅夫于别林斯基辞世20年后所写的回忆名篇，传神何其精到，便是例证。

贵明先先曾言："钱先生是我的老师，我不是钱先生的学生。"实则他跟钱是同事、忘年交，还是师生、助手，都好到了要穿一条裤子，名分还重要吗？只说当年他每周日上午9点准时去钱家。赶上晚点时，钱、杨二位着急，会穿戴齐整了下楼等他。这么近的距离，三十多年的观察，能不真实丰满吗？所以在"知钱""解钱"上，除了杨季康，还有第三个人吗？

所以读者朋友当明白我的意思：如果您对钱锺书其人其文有兴趣，那么栾公贵明的指点、解说，便是靠得住的帮助和指南。例如他书中介绍的钱先生谈字典重要于词典的观点，例如钱谈八股文的文理、技法当为今人所重，古为今用、推陈出新的观点。

中国人作文章的起承转合之法，乃是对于世代文理的归纳总结，用于科举为八股文，用于新文学、新思想，便可笔下生花。早年读鲁迅、陈独秀、李大钊的文章，他们谁没受过八股文的训练？钱锺书名下的那些议论文，哪篇没有这种训练的影响？又何尝不是旧文章呢？

栾著的"高光"部分，是通过阐发小说《围城》的主题思想，揭橥钱锺书精神价值的文段，是带着深厚感情的文字，通者会为之动容，有所会心。他说："钱先生一生拒绝媚俗，而这种拒绝的反骨，恰恰是推动艺术和学术进步的不朽动力。"这几乎可以看作是一条规律性的概括。

栾著开篇即引出《围城》作者自说《围城》的两句话："第一句说，《围城》是他'一个字一个字写出来的'；第二句是，'我三十多岁写小说《围城》，想用小说原本技巧，打败小说。'"

他以这两句话为引导，领读者进入游历和解码。尤其由第二句话，突入了《围城》主题的城堡，得出结论说，《围城》写的就是人、人类、人类困境、人生困境、全人类的困境——文学和哲学共同的终极难题，并进而定义《围城》为思想小说。

那么钱锺书是通过什么方法、路径达于他的目标的呢？《小说逸语》一反流行的文学研究套路，为我们做了拾阶而上的解索。他的研究路数已经不限于《围城》，应该引起研究界的重视。谈读后感，在此我想做一点补充。

什么叫"用小说原本技巧，打败小说"呢？我猜钱先生是针对当时居主流地位的小说范式而言的，而并非想打败一切小说。第一是谁也做不到，第二是他又何苦写小说？

讲述他者的叙事。作者隐藏于故事、人物的背后不露面，被冠以现实主义之名的小说，很长时期在中国被视为小说的定式。钱锺书写《围城》却走了另类的路线：在近、中景人物之外，现身了一位更鲜明突出的人物——作家本人。

作家本人不再隐身在故事、人物的背后，假装客观，而是站到了舞台中央，指点江山，配发宏议，点评提要，充分发挥研究家、思想家的特长。也就是解放他自己这个叙事者，充分拿回表达上的自由权。说白了，就是充分彰显作家的主体性、精神力。

这就是《围城》与当时和后来的众多第三人称小说最不一样的地方。此法与布莱希特主张的"间离"法，有着相通的着眼点。

此写法，兼顾了全视角和作家表达上的自由两个方面，适合于精神力强盛的作家，精神偏弱者则不适合。其本质，是实现了一次小说的解放。

其实早在《红楼梦》《儿女英雄传》里，这种"间离"手法就时有闪现。在雨果的《笑面人》《巴黎圣母院》等小说里亦有所见。在拜伦的叙事长诗《唐璜》里面，更是其惯技。

在中国古典叙事作品里，作家本人居于权重地位的例子有很多，是"原本的技巧"，可算作一个传统。如《史记》的"太史公曰"，《聊斋志异》的"异史氏曰"，《阅微草堂笔记》的"余谓云云"等，皆作者不肯放弃自己的主体地位、发言权、评价权的表现。《围城》的作者对此心领神会，大面积地灵活变通地运用于自己的叙事语流当中，收放自如，精彩纷呈。

你说他是打败了小说呢，还是解放、丰富了小说？只能说，钱锺书想要打败的，是当时流行范式的小说，而非一切小说。

小说《围城》里的那些出来进去的形形色色的人物，组成了一个小人国、伪人国，而非君子国。"无毛两足动物"的关键词是"动物"——进化不足的人类。这个提法里包含着作家对于所观察到的现实人类的谴责、不满意,但又恰恰透露出他的期待、向往光明的心。没有希望就无所谓失望,而这也正是《小说逸语》作者本人的观察、思考、内心的私语。

乍看之下,贵明先生的《小说逸语》是围绕着《围城》和它的作者展开的,"尊钱爱钱"之情溢于言表。不过我们别忘了朱熹的那句话:"六经皆注我,非我注六经。"所以从这个角度看,《小说逸语》作者在"说钱道钱"的同时,也是在表达他自己,表达他自己的学术观、艺术观、人生观,传达的是他本人的认同和不认同。

六、中国古典文献数字化追梦人

夏旸

栾贵明先生在工作中

在北京房山区一个极其普通的农家院落,年逾古稀的栾贵明带领一群风华正茂的年轻人,正在完成着一项极端枯燥而且空前艰巨的任务——建设"中国古典数字工程"。

在低矮简陋的平房工作间,卷帙浩繁的中国典籍与荧光闪烁的电脑屏幕交相辉映。十六个春秋交替弹指而过,伴随着每天的日出日落和数次更换的主机键盘,一篇篇中国古典文献逐字逐句转化为可供研究者输入任意字词自由查找的海量电子数据。

栾贵明是我国著名文献学家、国家级有突出贡献专家,退休前为中国社会科学院文学所研究员。他早年毕业于北京大学中文系古典文献专业,1964年至2000年在中国社会科学院文学所工作,追随钱锺书先生从事学术研究三十五年。

1984年,在时任中国社会科学院副院长钱锺书先生的倡议和支持下,栾贵明先生创建了中国社会科学院文学所计算机室(1989年升格为中国社科院计算机室)并担任主任,从事中国古典文献数字化工作。经过短短数年,栾先生就和他的团队研制了容纳五万多个汉字的全汉字库,而且这个字库还具备繁体字生成功能。他们利用该科研成果编纂了《论语》数据库、《永乐大典》索引、《全唐诗》索引。然而令人遗憾的是,1993年,因一场内部纠纷,栾先生无辜受挫,整整六年的心血和成果付之东流,已经数字化的古典文献均被毁坏,学术研究团队也遭解散。

沉寂数年后,2000年,栾先生申请办理了提前退休手续,与他在中国社会科学院的硕士生田奕等同人招兵买马组建新团队,继续实施中国古典文献数字化工程。因经费拮据,几经辗转,才得以将团队落户房山农村。到目前为止,他们已经完成从太古时期到北宋之前的中国古典文献录入梳理工作,共计十亿多字。预计再过五年,可完成从三皇五帝到1911年中华民国成立前全部文字典籍的数据化,工程总计十五亿字。

中国国家文物鉴定委员会副主任委员史树青先生曾经评价说："中国文献博大精深，以前要找个资料，经常翻箱倒柜，非常不便。栾贵明完成了古典文献专著数字化后，就能够实现速检。"

一位从事语言学研究的学者说："过去我们为了编字典，要考证一个字的由来和演变，需要找来很多很多的书，做大量卡片，通过积累以后才能得出一点见解。有了这样的数据库，通过计算机就能够很便捷地考证到某个字在不同历史阶段、不同古代典籍中的用法意义及其流变。"许多从事哲学、社会学、历史学研究的学者对此也深有同感。

栾先生说，为了完成恩师钱锺书先生的夙愿，他们一直在跟时间赛跑。利用拥有海量信息的"中国古典数字工程"，栾先生和他的团队还完成了《中国历史日历》《中国历史地图数据》《全唐文新编》《宋诗纪事补正》《永乐大典本水经注》《龙藏》《十三经索引》《千家诗选》，"扫叶丛书"中的《子曰》《炎帝集》《黄帝集》《老子集》《列子集》《庄子集》《孙子集》《鬼谷子集》《皇甫谧集》《李淳风集》《姚广孝集》等一大批科研成果。钱先生过世后，杨绛先生始终关心"中国古典数字工程"建设的进展情况，她还曾在田奕陪同下专程到驻地看望这个默默无闻、兢兢业业的工作团队，并为《宋诗纪事补正》题写了书名。

某年初夏的一个周末，天气闷热。我早晨从北京城里出发，遇上去郊外旅游的滚滚车流，到达房山区这个农家小院时，已是中午时分。像往常一样，栾先生和他的团队成员们暂时放下手头的工作,走进简陋的食堂,每人一碗炸酱面配一杯绿豆汤就是全部午饭,我也有幸享受了这个"待遇"。

饭后畅叙,栾先生谈起他的研究成果和未来规划,这位背部已驼、满头银发的老者眼神中闪烁着孩子般乐观纯真的光芒。田奕女士坐在旁边,偶尔轻声插话。回忆起三十年来艰辛努力、筚路蓝缕的往事,田女士语气平和,仿佛像叙述两千多年前的中国历史般理所当然、无怨无悔。

第三部分　伴山随笔

一、他的一生充满侠肝义胆

今年（编者注：2010年）是钱锺书（1910—1998）诞辰一百周年。栾贵明曾追随钱锺书三十余年，自称"能跟钱先生在一起是人生最大的幸运"。在接受本报专访时，栾贵明深情地回忆与钱锺书的交往。在栾贵明的记忆里，他从来不敢以钱锺书的学生或弟子自居，他曾当着钱锺书的面说："您是我的老师，但我不是您的学生。"因为他认为没有人能当钱锺书的学生，他更没资格。栾贵明认为：钱锺书非常关心现实生活、关心社会、关心普通老百姓、关心一般读书人。在艰难时代，钱锺书最常对栾贵明说的话是："你们年轻人应该抓紧时间好好读书，这个时机不能丢，将来有一天还会回去搞这个工作，读书总是有用的。转眼之间就是百年了，绝对不能够有一丝一毫的松懈。我们的职业是读书，这是人生最大的快乐。"

在图书馆容易找到钱锺书

《时代周报》：你跟钱锺书先生是怎样开始认识的？

栾贵明：我是北京大学中文系古典文献专业毕业的，1964年的秋天分配到文学研究所所长办公室工作，做何其芳的学术秘书。我在北大的时候读到了钱先生的三本书，第一本是《谈艺录》，第二本是《围城》，第三本是《写在人生边上》，我觉得钱先生是非常了不起的人。我被分配到文学所完全是个意外，就到处去打听："在哪儿我能见着钱锺书？"多数人都跟我讲："你上班的时候到图书馆去找他。"因为我们文学所并不是天天坐班的，钱先生每个上班日不在办公室，都是在图书馆。果然，我很容易就在图书馆找到他了，没有别人介绍，我跟钱先生自我介绍。嘿，不曾料想钱先生对我家世知道得一清二楚。

《时代周报》：他是怎么知道的呢？

栾贵明：这是很奇怪的事情，我问过钱先生多次，他笑而不答，说："你去看福尔摩斯！"钱先生经常这样玩笑。我下定了决心，一定要跟钱先生学本事。我比较喜欢玩笑，喜欢淘气，这也是年轻人的特点，我估计钱先生不会怎么喜欢我，于是就表现得很规矩。钱先生很快说我装蒜。憋不住，我便复原，钱先生便说我"这才像子路"，很久之后，我终于知道他喜欢那个孩子。

钱先生在文学所的处境并不是很随心的，并不像我们今天设想的这样，包括后来钱先生做了副院长，说三道四的人也不是没有，这是客观事实。比如，他在写《宋诗选注》时，赞许的诗不许选，评价高的诗人更不让选，使他特别不痛快。钱先生那时候毕竟年纪大，五十多岁了，他对图书的需要量非常大，所以我就讲："钱先生，您要用什么书，通知我给您送去。"逐渐交往越来越深，我在文学所工作36年，追随钱先生35年，直到钱先生最后的时光。

"被逼"成为患难之交

《时代周报》：在"文革"期间也算是患难之交了？

栾贵明：当然。想来很巧，那时运动是一波一波的，在打倒"反动学术权威""历史反革命""走资派"的时候，钱先生是目标；在查"现行反革命""清查阶级队伍""劳动锻炼"的时候，我首当其冲，这样就"被逼"着成了互通有无的患难之交。

《时代周报》：在"文革"期间，钱锺书先生经历怎样？

栾贵明：事情太多了。因为下干校都会派一个先遣队，当时整个社科院的"五七"干校，钱先生是第一拨，我也是第一拨，我们同时当选先遣队员。由那时起钱先生就跟我们一帮年轻人谈天说地，那成了我最大的享受。"文革"时期充满了苦涩记忆，可是我觉得我在"文革"时期能这么长时间跟随钱先生，有滋味，回想起来还真是"因祸得福"呢。在干校困难条件中，他仍不停地读。那时，能够公开读的书是马克思恩格斯的著作、鲁迅还有毛泽东的书,别的书就得偷着看。但是钱先生不在乎,看的是《四库全书总目》(提要)、《英文辞典》以及能得到的书籍等。在那个床前弄一个小马扎,坐在床前,把书铺在床上读,一刻不停歇。那时候我唯一带下乡的"禁书"就是《聊斋志异三会本》,我曾和同事打赌,结果我赢了,钱先生不但"拿来翻翻",又挑出好多毛病,想不到《聊斋志异》他也那么熟。当然,偶尔得到来自家人或从别处得来的外文报刊,他读得兴致更高,完全像个孩子,事后也不会忘记讲给我们这些"文盲"听。

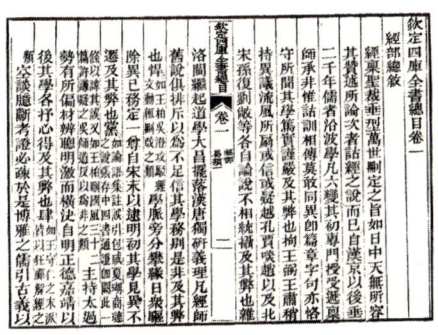

《四库全书总目》影印件

1971年年底,他告诉我:"我们要回北京了。"我当时一听,说:"不可能啊,当时'军宣队'不是说,连锅端,甭想回北京了吗?"钱先生说:"没错。"而实际上一直拖到1972年3月下旬,钱先生才回到北京。他坚定不移地说:"贵明,我们走了,你一定能很快回来。"

钱锺书的惊人阅读

《时代周报》：钱锺书先生重要的著作《管锥编》，当年是如何写起的？

栾贵明：关于《管锥编》这部书，他是长期酝酿的。比如在干校，虽然他没有说《管锥编》这个名字，但是从他的谈论来说，就是要搞这样一部大的著作。

《时代周报》：现在对钱锺书先生《管锥编》的评论很多，其中有一点讲到它是比较零散的，不是很有体系的东西，你是怎么看的？

栾贵明：我认为钱先生一贯不愿把自己的学术研究搞成体系思想，一方面他是一种别样的自谦，同时他认为一旦形成体系，强迫力量就很大，漏洞也多。"体系"这个东西要构建，这个结构就把人带到那个环境里去，接受它的说法。当然钱先生也举过例子，说一个大思想家是这样，更典型的是宗教。他说正确的理论是需要的，可是这件事情不是他能做的，也没有那么大力量。只要有真知灼见，做笔记式的研究就很好了。充分的资料经过深思熟虑，便能够产生意想不到的结果。当然，后来有很多人写文章，说他的作品是"碎琼乱玉"。钱先生认为他们慢慢会了解他的想法。他在《管锥编》引用了两千多种古籍，这是惊人的。而且他用书都是非常快速的，大部分书是早上我给他送去，第二天早晨我就可以取回来。后来我就自己动手焊了一辆小车子，一次可以借几十本，他总是第二天就归还了。

但是,这本书有一些固有的背景。因为写作于"文革"尚未结束时期,钱先生敢于正面批评自诩的马克思主义继承者,恐怕绝无仅有。比如,"宗教是人民的鸦片",这是马克思一个非常经典的论述。这个观点,钱先生在《管锥编》里面有段透彻的评论,他认为这个事情不对,不应是现今解释人所说的那样。他是怎么批评的呢?第一点,他说这句话原本不是马克思说的,他往前追溯一百多年,有多位德国、法国哲学家,在他们的论述里都有这个观点;第二点,他认为对这一观点的解释脱离了当时的实际环境,应说明鸦片是什么东西,当时是干什么用的。他认为鸦片是一种药,可以治很多病,如果说"宗教是人民的鸦片",怎么能说服人呢?他又大量引用中国的古籍,证实了他的结论。

"钱先生是最标准的正人君子"

《时代周报》:今年是钱锺书先生诞辰一百周年,所谓"名满天下,谤亦随之",钱先生当然名气非常大,但是现在也有很多批评他的文章,你是怎么看这个现象的?

栾贵明:批评他的文章,我看得不多,但是我知道这些事情,我认为完全是冤枉钱先生。事实证明,钱先生是一位在生活和学术中充满侠肝义胆而又成绩卓著的学者,也是当之无愧的思想家。比如有人非说钱先生好卖弄,我说不是。谁都知道,在文学所,他书读得多、记得多,信手拈来一大把,又有诲人不倦的品德，想不说也不行。他的学识见解令人惊讶、令人拜倒，但从来没有做作卖弄，邀赏于人。他言谈充满着欢乐和阳光，幽默而机智。相反，掩口而暗笑的事倒是经常发生，恰是舍弃卖弄的最好注释。他有大量优秀诗作，往往不被读者所了解，明明是大诗人而不张扬，也证明钱先生根本不与卖弄沾边。

相反，令人愤怒的事情时有发生。比如有人编造说，钱先生喜欢在干校讲黄色故事。我跟随钱先生在干校从始到终，从没有听到钱先生讲这类东西。还有人写文章说钱先生为他开"黄色书单"，我觉得这简直是离谱的编造，钱先生曾就此事向我说"你自己判断"。我曾托人带话过去，诚挚地期望如果有这张单子，他应在文章中拿出来，举出证人。可惜，那人不理睬我。所以，我确认这件事情是不可能的。那么出色的"书单"，怎么会忘呢？我从来未听钱先生说过无聊的话，应该说钱先生是一位最标准的正人君子。

《时代周报》： 有一些文章说到钱锺书先生"刻薄"这一点。

栾贵明： 对，刻薄。这个"刻薄"如果有，应理解为准确深刻。确实，他夸赞某个人的优点非常到位，揭示一个缺点也无可辩驳。他肯定一个人，特别是年轻人，让大家都会感到那种"价值连城"的温暖期望，他帮助一个人也总是做在实处，他指出别人的缺欠之处从不留情，也很实用，听进去了受益无穷，但从没有冷酷恶意的打击。

我觉得，在文学和学术当中，让他欣赏以至全面肯定、佩服的人，确乎没有。他认为读书不得要领，那"不如不读"，像"文学所"应该改为"文学史研究所",要记"文革"中的"愧"等都是确证。所以,他反复跟我说要多读书,要细读书,要在读书的时候开动脑筋,多动手抄录。钱先生确实能用三言两语把一个人最根本的特征说出来,屡言不爽。所以,大家都说钱先生料事如神。

至于在学者范围内,我觉得他不是瞧不起人、对人刻薄。而他一点都不自私,只想帮助同行,总是急切地说,学术的科学化最重要,你为什么不读这本书,又为什么不读那本书,认真读了吗,你为什么走到死胡同里?一见到了文字,便当面动手赶快帮助改正补充,往往大为增色。但他从不贬低你的人格,藐视你,或者拿你开恶意玩笑。刻薄的说法完全不可靠。

《时代周报》:就你个人来讲,钱先生对你的影响是什么?

栾贵明:我有父母,也有一大堆亲人、朋友和老师,但没有任何一个人能超过钱先生对我的影响。我也读了一辈子书,书也影响了我一生,但没有一本书能与钱先生相比。所以有医生说,你这个病我们治不了啦。我说好,我此生足矣。这句话实际上的背景就是钱先生现在已经不在了。

前不久钱先生家乡的人来访,我也照例说钱先生纪念活动我也没参加,因为钱先生跟我讲过:"伟大人物是不需要纪念的。"但我记得是那一片山,是那一湾水,是那里的人民,养育了钱锺书。钱锺书这样一个伟大的学者,就在我身前,我追随他那么多年,我没当成他的学生,但是我觉得此生无憾了。我应该深深地感激他的家乡人民。钱先生的嘱咐,我都一五一十地落实,钱先生教我做"中国古典数字工程"的事,确实是一件累活,但我得认真办,我必须遵命。

(原文载于《时代周报》第109期,2010年12月16日,记者李怀宇)

二、夫唱妇随

（一）

　　北京新世界出版社张世林兄来电，命我作文吊唁杨绛先生。往昔钱锺书先生曾在医院嘱我，"办完那点儿事"，便可"退休"。如今报刊网络正反话语似都已说尽，计划之外为文，宜选新题，那就写早就想写的"夫唱妇随"吧。友人知吾追随钱先生有年，在"文革"中运动，性多喜谈谐。又曾与大师侯宝林亦师亦友，遂炼得真身，自然笑话不断。当听到"夫唱妇随"题目时，世林却在电话里沉吟再三，"恐有不妥……"他大概想起两件事：一是成语贬意，一是我的玩笑。

　　关尹子，名喜，字公度，史称"文始先生"。其作品版权多为人疑，但共识不应晚于秦。他说："天下之理，夫者倡，妇者随；牡者驰，牝者逐；雄者鸣，雌者应。"（《关尹子·三极篇》）"天下之理"，绝非戏说。已成未出的《关尹喜集》今存文约一万五千字，是本文主题"夫唱妇随"首次见于文献。

晋关内侯干宝《搜神记》卷十一云："唱而不和，动而不随。"唐释道世《法苑珠林》卷二十七曾引此语说佛法，后又有唐朝韦皋《再修成都府大圣慈寺金铜普贤菩萨记》中有"千夫唱，万夫和"之说，证"和""随"二字可互为解，此证为本文主题的广泛意义奠定了基础。

下世演义古语，流转有序。一位阙名者在《大唐洛州合宫县千金乡麟德里陈守素故妻李夫人墓志铭并序》明白写着："夫人禀质坤仪，作嫔天镜。莱妇凝规，梁妻表正。实配君子，秦晋流咏。兰桂俱芳，珪璋交映。母仪灼灼，妇德愔愔。鸾凤共慕，士女同钦。闺帷特达，仁厚慈深。妇随夫唱，和如瑟琴。规模妇诫，轨则女箴。"只是妇先夫后而已，但已确为箴规，回归古意古法。陈守素于史无载，但本文主题在日常生活中之崇高位置已被固化。

宋人张伯端《悟真篇序》（熙宁八年，1075年）云："攒簇五行，合和四象。龙吟虎啸，夫倡妇随。玉鼎汤煎，金炉火炽。始得玄珠有象，太乙归真。"本文主题地位又有提升。

张舜民《送贺推官序》云："天下之所以可为者，以有名分也。居而不可易者谓名，取而不敢过者谓分。君尊臣卑，父坐子立。兄先弟后，夫倡妇随。崇其名，故安其分。"名学一但引入,便登堂入室,进入天下——社会政治。

元无名氏作《举案齐眉》第三折有"夫唱妇随"语。以下诸条可证本文主语,深入市井。

高则诚《琵琶记》写蔡伯喈和赵五娘故事有"夫唱妇随"和"唱随之乐"。

一到明朝,有位澄印和尚把夫妇之道推上人伦高端:"长寿多男,父慈子孝。夫唱妇随,兄友弟恭者。"(《憨山大师梦游全集》卷十)

李开先《宝剑记》第五十二出:"雁行鸿序,夫随妇唱。"形异而所表义同。

读至《红楼梦》第二十八回:"蒋玉菡便没了正经,说道:'女儿悲,丈夫一去不回归。女儿愁,无钱去打桂花油。女儿喜,灯花并头结双蕊。女儿乐,夫唱妇随真和合。'"小说家言,亦有真谛。

古典证明"夫唱妇随"在漫长历史进程中,虽"唱"和"倡"字有异,亦有"夫唱妇随""妇随夫唱""夫随妇唱"多种语式。但从内容上看,均属正方向,是"褒"义"成语",并未见到负方向的"贬"义语例。

天不遂人愿,语言学家编出各种成语典,公布苦心研究成果:成语被定义为"完整稳定的定型词组",或简约变作"大多四字定型词组",而同时凝出"褒""贬""中"三门。定型和三门这两条定义,早已成为"成语"之铁律。

1964年,我初识钱锺书先生,他就不同意这个结论。话到他那儿，自然说得不同一般："学生穷，老师错，高考不能扣孩子分！"言外之意，即什么完整、稳定、定型都有违科学原则，最有趣的事偶然居多。我说《围城》里老太爷方遯翁写日记就已举出"结为秦晋"的谬误，"秦晋二国，世谛婚姻，而世寻干戈"，证明成语有违史实，并不可信（可参考今三联本第371页）。钱先生说："学文史，有大忌——大忌是无知盲从。"这句话是先生给我的第一课。因此当构建"中国古典数字工程"之际，我们采用钱先生许多革命性的新结论，使用正确运算原则，避免弯路挫折，取得了精确的完整结果。钱先生的主张，符合古典文献的实际，显现该工程特有的亮点。

由于条件限制，语言学家搜证不全，谁想反对也终因证据不足而作罢。几个有话语权者，可以强推，更可以伸手去高考扣分。至于以简单的"褒""贬""中"分门来度量成语，定义者多为当时思想所局限，逐步便会显露破绽。如新文化运动，往昔"美德"被"名学"冠以"封建"，立刻成了不折不扣之"贬"词，必须批判扬弃。也有许多成语研究者，不敢与成语定义相抵牾，只能委曲以正反两意释之。

好心人对钱、杨夫妻并不真知，又无以描述，只好用日常话语状之，显得菲薄而抽象，甚至大有再读民国旧小说之感。有人曾来质疑，我亦不知何人所传。作为丈夫的钱锺书，会公开夸奖自己妻子吗？就亲近钱家的外人来看，把这对标准夫妻称之为"夫唱妇随"似最为妥帖。

"夫唱妇随"，杨绛先生说过，自然而然地做着。读者要读懂杨绛先生,明白正解以上文献和背景,才可变无知为有智。

(二)

1980年下半年,杨绛先生在改革开放的秋凉中,一口气写好《干校六记》。那时《管锥编》新书上市,《围城》旧版重生,留英的钱瑗归来。被钱先生称作《管锥编·追补》的《管锥编·增订》正在暗地里进行。钱先生设想许多方案,看看怎样能追回被删内容。任务很繁重,繁重点在于必须查清被删原因,绝不能把确有问题的内容再补回去。钱先生管这叫"如临深渊""如履薄冰",甚至"比写新稿更难"。

其间,又加之我的《永乐大典索引》序、凡例以及《四库辑本》定稿等,几乎每天都有问题需要向钱先生请教。同时我又担负着送达和寄出信件、传递单位信息和办理同事所托、应付媒体联络、医务沟通、借还图书等行政事务,争取不费二老心神。事事由他们决定,我来执行;过程一律不言,只见最终结果。为节省时间,一切都在"高速运行"之中,基本上隔一两天就要到南沙沟一次。只要我在楼下一支自行车,钱先生耳朵最灵,总会先听到,杨先生马上拿着笔和稿子向里屋转移。敲门进屋,钱先生往往"火力"太猛,说笑声音甚大,扰得杨先生根本无法工作。有时我上楼快,杨先生会说,"鬼子进村";可手脚一轻,她反又说,"神鬼不觉"。我见不到转移的杨先生,也会问钱先生,先生回答得次数最多的是"高产作家,孵蛋呢"。杨先生经常说的是"锺书,你的朋友来了""我上里屋,你们好好说""茶在这儿,有事叫我"……大致八九不离十。笑声一走高,我们边做鬼脸,边交接书报文件,先生见我每行必借的一大堆书,特别兴奋,立即去读,我装好要还的书,意味本次任务已经完成。

1981年春节前后,钱先生和我工作刚结束,杨先生拿来一摞抄写得非常整齐的稿子,让我复印一份,"然后请你读一读,告诉我你的意见。"对我来说,能够先读钱、杨二老的作品,是我一生最美妙的际遇。现在想起来有多隆重、多幸运,但却被我当作香茶,虽双手高高擎起,但会牛饮而尽,一马放过平川,事后会留下无限悔意,恨自己没有细细慢慢地品尝。

这次的稿子就是文学界无人不知的《干校六记》。

当天晚上读过一遍,我内心泪流不止,一下子使我回想起和钱先生两年又五个月在干校朝夕相处的岁月。艺术的困难在于控制,作为文学艺术作品,《干校六记》已达极致,哪里有意见可提。第二天,复印后,认真再读,专挑可提意见的地方,事实方位二三处,语句一二处。为搜集建议,我又悄悄请几位朋友读,其反应程度远在我本人之上,百分之百泪流满面。有的说"百年小说之冠",有的说"诺贝之上","奇迹""绝妙",等等,我耐心等到第三天早晨。

当我再见到钱先生时,他看了看我的"意见书",说"肤浅,肤浅,变相捧场",不记得我说了什么。钱先生忙不迭地说:"我为她做了一篇小引,你看我的意见。"四张稿纸,读完令我大吃一惊，不禁说："文章开头，便说'六记'漏一篇，迎头泼冷水，变相拆台。"——算是回敬。"您的序，'记愧'非常重要，可杨先生不是为干校做'政治结论'。"——转移视线。"文学，就是文学。"——理论支撑。何况"'六记'是破冰之文，能否顺风顺水发表还不知道……"钱先生回复只有一句："保杨派言论。最后一句，还算有价值，你该努力。"

如果杨先生不出面，我一定会再跟钱先生"纠缠"下去。杨先生走进屋，笑着坐下来。钱先生说："季康，刚刚你已看过我的序，正好贵明送意见书来，你说说吧。"

杨先生一如既往，说出我想象力永远也无法达到的四个字：夫唱妇随。

天啊，我在做梦，白日的仙境梦。

凭我多年近处观察，钱氏夫妇纯纯真真，绝不可能向我作秀。钱先生的决定和杨先生的追随，都是深邃思索的自然结果，好在还有白纸黑字在，可以做证。我写的每一个字，包括这三行字，均属多余。"夫唱妇随"千年之语，还需解释吗？只需要"其至矣乎"的两个字——"中庸"即"恰当"而已。

（三）

钱锺书先生作为一位杰出的文学研究专家、智慧的作家，已为世界所公认。而作为书法家、翻译家、外事顾问家、教育家和中外字辞语典编辑家，都将会逐步被认识。而他作为一位伟大的古典诗人，却首先被大家忽略了。我们指的"古典"，是指伴随中华民族而生的诗歌传统。至于被忽略的其他名号称谓，几乎已成习惯，无关大局。但"非凡诗人"一称，绝不可不知。失知失觉，读者将错过品赏他诗歌佳作的盛宴。

钱先生自称，其诗作始于1934年，终于1991年。惜墨如金的《槐聚诗存》仅存诗173首，前有极简约的《序》，写于1994年，大致说：随前辈读书，"心焉好之，独索冥行，渐解声律对偶"，知其诗作，第一是合规矩，第二是"多俳谐嘲戏之篇"。他的诗，为杨绛先生珍爱有加，曾"手写三册，分别藏隐"，大约在1994年，她建议"宜自定诗集"，促成《槐聚诗存》面世。由于选严，我还记得，碎纸、剪报、草稿以及书本、笔记等全屋皆满的景象，让人心疼可惜，只能称二老所做的工作是在编辑《槐聚诗存》，志以微言。特别引人注目的"俳谐嘲戏"之作，可谓稀存寡见。1934年应为《诗存》录诗之始年，作者年已24岁，开始作诗怎么说也当于十多年之前。而收诗止于1991年，又早结束七八年。一晚一早，小算亏差了20年，竟会不存一首诗吗？杨先生同意我的说法，但她说："你钱先生不愿麻烦大家。"

该"选"以年为序，最后一首为1991年的《代拟〈无题〉七首》。经过二十余年的反复吟颂，和古典格律内行师友不断切磋，大家都认为"七首"是钱先生作为诗人的代表作，水准极高，确居古诗或惯称旧诗新作的第一流。杨先生曾在《记钱锺书与〈围城〉》一书中概括地说，钱锺书的诗"忧世伤生"。

可惜的是，无论是从内容上还是从形式上，这个"忧"和"伤"在生世看不大出，或干脆硬说没见不懂全无，看来也许真得等待来世了。

希望诸君仔细读读有幸入选的这七首诗，看看这位诗人可否与李商隐、苏轼相比肩。需要提示的用典线索，每首仅选一联罗列在下表之中，免去读者查检不便。由此或可略知作者写诗的原则：无典不出句；对仗不新、不工、不巧、不绝不出手；用力做到无一字无来历，既严守格律，而又能生动灵变；以及作者敬重杨大年的事实；等等。

首数	主题	例句	出处
第一首 第二首	山色有无中	那得心如荷叶，水珠转念无踪。 雪被冰床仍永夜，云阶月地忽新秋。	用杜甫典及佛家、小说语 用杜牧、苏轼、陆游典
第三首	渐深渐固	依然院落溶溶月，怅绝星辰昨夜风。	用晏殊、李商隐典
第四首	相思缠绵	人事易迁心事在，依然一寸结千思。	用李商隐典
第五首	不能自解	不分杏梁栖燕稳，偏惊塞雁起城乌。	用晏殊、温庭筠典
第六首	忏情绝望	梦魂长逐漫漫絮，身骨终弃寸寸灰。	用顾敻、李商隐典
第七首	犹有余恨	独醒徒负甘同梦，长恨还缘觅短欢。	用应场、欧阳修典

在这七首诗前面，有杨绛所书"缘起"一则，以文言写就，极其曼妙。原文在此不重录，仅以白话"译"之，供读者

"快读"：

我想写小说，请默存为小说中人物拟作几首旧体情诗。

默存说："你自己作，更能体贴入微。"

我笑着说："《围城》中需用幼稚拙劣小诗，你不肯写，由我代笔；现在我需要典雅的篇章，你怎么就能托辞推诿呢？"

默存说："我不熟悉小说情节，如何下笔？"

于是我简约地陈述了人物离合梗概，情意初似"山色有无中""渐深渐固""相思缠绵""不能自解"以至"忏情绝望""犹有余恨"，请他以此为题意逐步写出。

默存苦思冥想一个月，得诗七首交给我，并说："我才力只到这里，只等待读到你的大作了。"

我读其诗，韵味无穷，令人吟颂不止，真是绝妙好词。如此佳作，已自成故事，何需再用框架细节，铺陈解说？若我再写小说把话说尽，真是大煞风景。现在就算不写一字，也尽得风流了。

杨先生的"缘起"，将他们"夫妇唱随"的细节交代得清楚明白。七首诗，导致已构架完成的小说被毁弃，全是好品质"夫唱妇随"惹的祸。我们要钱先生的诗歌，我们也要杨先生的小说。你我都生在当世，小说见不到，留下一个佳话，不是传说，而是昨天的真实，长辈和晚生都会为此艳羡终身。

以上两例，其性质相同，而表征有别。前例带有被动，后例显属主动。古今文坛,这般故事,闻所未闻。可谓相知一唱,有幸终生相随。

"夫唱妇随"的钱锺书和杨绛先生,他们以自己绚丽的一生向我们昭示:中国文化道德传统,完全可以融入新道德之中。

多彩的生活,绝不应被机械成语所桎梏。语言学家的铁规只能加以修正和补充。好就好在非营利的"中国古典数字工程"日前已完成《中华语典》,逾千万字,它展现着对成语全面研究的新成果。

(原文载于《明报月刊》,2016年7月)

三、大师的身影

  2018 年 12 月 19 日，逢钱先生逝世二十周年。名家大师身边的友人故交，每天都在怀念他。先生亲自指挥、动笔动手，正好也做了二十年，所为我们留下的作业做也做不完，我们在漫长的劳作中自个儿也悠然老去。拾穗扫叶得来的鲜活证物逐日增多，基石每天加强，求的就是揭示无与伦比的好文化。一个个真切的场景、数不尽的生动细节，使"名家大师"的称谓愈加充盈。

  以下这几张近三十年前的旧照都有先生的身影，而知情者的记忆便显得日渐稀奇珍贵了。

伏案写作的钱锺书

第一张是纪红所拍摄的钱先生,作者在照片后写有"伏案写作的钱锺书 纪红 摄于1990年8月14日"的注释。那是一个平静明媚的北京夏日早晨。钱先生执南昌永生笔厂产"北尾中狼毫笔"在认真书写。人物照片的最高难点在于"存情",纪红之功力在此处。先生每日洗漱早饭之后,便开始给学生、朋友、故旧写信,有信必复,多用毛笔。有时几封,有时十几封,封封一挥而就,内容行文绝无雷同。作者为着压缩时间,唯恐文思逸逃,不顾选纸择笔抓来便写,从不稍作停顿,无美不具。细读其函,又因多涉收信者细微特征,往往有许多妙不可言之处,可以说章章意深情绵;如若不然,便常常会出大义之微言。我追随先生三十余年,除干校期间我们几乎每日同寝同吃同劳动的两年之外,在大致正常的年景,每月寄出邮件逾百,一年合计舍千近万。那么三十年,最后数字我没统计过,总在十万左右吧。直至躺在病床上,我们闲聊至此,他老人家同意我的估算。这样他便占有三项世界纪录:其一,读书数量最多；其二，读书笔记最多；其三，便是信函最多。按先生对我的约定：凡他未封口的信件，由我贴邮票封口寄出；收信人在我近处的，直接由我面交，则免去贴票。后来复印机普及了，先生未封口的信件需要复印后由我存留备查。我们之间为邮资一事争执过多次，我立即会用移转话题的方法"对付"，获胜概率很高。至于关涉外部的法律，我遵守得十分严格。

第二张是钱先生写给我的便笺照片，给我写信往往有特殊的用途，怕记忆不精，又怕执行不确。写这封信和纪红摄影时间相近。全文如下：

贵明大鉴：

沙予两文写得极好，国内所称"杂文"老手，皆相形见绌。我复书中将赞美之。灵机一动，此才只能澳洲地方华侨报纸上露脸，真如美人埋没于穷乡僻壤。我拟请《大公报》约其投稿，特与舒展同志一函送阅。请将沙予两文复制附入函内，发出寄舒展同志（邮票已贴）。尊意以为何如？请来电话示知。有香港刊物留待面呈。沙予原函奉还。草此即颂

双安。

钱锺书上　星期二下午

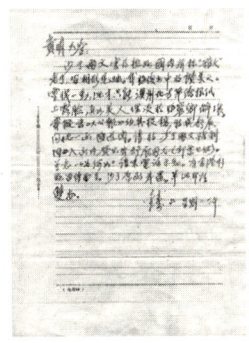 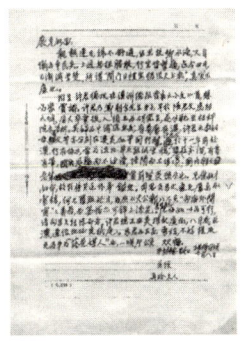

钱锺书先生的便笺　　钱锺书先生致舒展先生的信

第三张是钱先生写给《人民日报》著名记者舒展先生的。沙予的文章需要复印出复印件，再由我一并转呈舒先生。该信的全文是：

展兄如面：

执热连日，殊不舒适，然思故乡水淹，又自惭为幸民矣。上周忽扭腰股，行坐皆掣痛，迄今四日，已渐减苦楚，所谓"闭门日里坐，祸从天上来"，真实不虚也。

附呈许君德政在澳洲侨报发表之小文二首，想必蒙赏识。许君乃郑朝宗先生弟子，早于陆君文虎约六七年，厦大卒业后，入复旦为研究生，遂分配至社科院文学所。其妇为中俄混血女，有眷属在澳；许君之姑母、舅父等亦分别在澳、美、加等国行医。许君乃于十一年前赴澳，行有余力，常为该地华文报纸写稿，亦庄亦谐，有书有笔，风趣而不油滑，博闻而不堆垛；国内杂文老辈当前贤畏后生也。兄爱才如命。故特将其近作奉鉴定。因思及马文通兄屡函内人索稿，何不罗致此才，为庶《大公报》不负"向海外开窗"之义务，而篇幅亦可锦上添花。荐贤自代，兄如以为可行。请向马兄转陈鄙意。许君现正在美探亲度假，八月底返澳，通讯地址见纸尾。马君如去函索稿，不妨提及兄及弟为"落花媒人"也。一笑，即颂

　　双福。

弟钱锺书敬上　杨绛同候
并候再玲夫人　七月八日

　　第四张是仍在我书桌上的几件钱先生所使用的文房之宝，是先生逝世前后钱、杨两先生分别赐予的，它们正可与纪红所摄照片相互证明。

钱先生使用的文房用品

需要说明的是"沙予"即许德政先生,他在钱先生和周围许多友人帮助下,经其本人的不懈努力,除由我转交钱先生并给予高度评价的《醉醺醺的澳洲》《名不正而言不顺》两文之外,一边走出困顿,一边作品数量大增。几年之后,他又在马文蔚先生帮助下,把先生夸赞过的文章《醉醺醺的澳洲》升格为书名,由中国友谊出版公司在北京正式出版。我们这群大师身边人,在欢欣鼓舞中也都记住先生的嘱咐,再向香港天地出版社的孙立川先生推荐,出版后大获成功,名扬海外文坛。足证钱名家大师眼光之精之确之独到。据说近日有望获得名声更高的文学奖。我在今晚的电话里一定会问他,如果有更大的奖誉在,又有这封他从未见过的钱先生当年对自己的评价推介信,他会选择哪一项?现在答案有了,经我在电话上突然一发问,他严肃地说:"我只要钱先生评语。"想来他的身影也是不肯移动的。

第五张和第六张,至今已经成为学术界著名作品,还是纪红所摄,时间也相去不远,很久之后才在怀念钱先生逝世的《一寸千思》上以封面、封底的形式发表。那时先生身边的友人们都说,纪红的照片和他的文章一样好。正如俗语所说"真花太美了反像假花"。如果要收《管锥编》,必称"好真似假"。为了新闻真实性,纪红署上姓名,稿酬照例不取,因为他参加了全书编辑统一未支取分文。

忆起钱先生身边有一大批赞许"开拓万古之心胸""拾穗靡遗""扫叶都净"的人,按他们的话说,"中国古典数字工程"

是钱先生第一次留给文史学界所震动的高精顶尖项目,终有一天它会开花结果,成为我们民族的骄傲。

谁都不能忘怀,为着文学所的兴旺发展,朱寨同志带领刘再复所长,用通夜坐等钱锺书应许的方式,实现了将新学术和新技术引入文学殿堂的目标。

不久之后,先后有国家科委、国务院、中科院经三年时间将该项目评为"国家科技进步奖"。当时社科院胡绳等七位院长,再次审核,决定成立相应专门机构,得到了院内领导杨润时、白小麦、陈绍廉等同志以及国内计算机专家许孔石所长和王选两位先生的肯定;中国台北"中研院"的谢清俊、张仲陶、黄克东先生和著名教授黄大一等人亲赴北京表示赞赏;东京的内山先生,韩国海印寺,美国的兰开斯特先生和当时尚在印度、英国留学的净因博士,斯里兰卡著名的佛籍专家法光禅师,一致赞同钱锺书的项目。几年之后,中文计算机首席权威朱邦复先生和沈红莲女士全面参与新平台环境下的"工程",得到关键性支持。从此时开始,又有胡德平同志、赖永海教授、张世林总编等先生亲自参加到"工程"项目中,走上了规范性的发展道路。每每念及有这么一大批先辈学者就在名家大师钱锺书身影之中,便觉得鼓舞人心。再加之钱先生方案所获的伟巨成功,让我们在四年内一举出版了先秦时期四百多种享有独家著作权的新版古籍,都使我们有了坚持到底完成该项目的理由。

对"工程"走向,钱先生信心满满而且早有预料。尤其在最后病中,他曾多次嘱咐我:"务必替我谢谢他们。"他从不做

钱锺书先生　　　　钱锺书与杨绛先生

挂名主编和理事之类的事,已成学界定式。这是一句千钧重话。

六张照片,留住了先生身影,寄托着我们的哀思。既往二十年岁月一划而过,未来也必有一天,会逐日再倒数回来。名家大师的"工程",属于典型的交叉学科。它必须具有超强能力,即特别广泛的涵盖力和深远的预测性。对极其复杂问题,比如图书分类法、国界地名时代划分、模糊的字团检索、繁简汉字的应用等都给出智慧、简单、实用的科学方案。钱氏方案一出,总是令人击掌相庆,感佩称颂;如影相随,永不忘怀。

(原载于《光明日报》,2018年12月19日第16版)

四、移位颂词

20世纪80年代初,新加坡一位颇有名气的书法家潘受先生,应邀返福建南安故乡访亲问友,同时特意来京拜访钱锺书先生、俞平伯先生及赵朴初、叶圣陶、刘海粟诸先生。这是我国老一辈书法家的云集盛会。

潘受先生回国访问,作为后来由"新加坡政府宣布为国宝"(1995年)的文化大家,也曾有过自嘲。从"自嘲"到"被宣布为国宝"的过程,象征着中华文化的转换和提升。当时,有众学者艺术大家汇聚,自然会有笔墨文章侍候。诸大家以潘受先生书道为中心,赞歌高唱,佳评齐举,筑成一时文化鼎盛之事:

刘海粟评曰:"书法之精,诗笔之美,并世所罕见!"

陈兼予评曰:"龙虬夭矫,吴荷屋无其恣肆,何蝯叟亦让其潇洒。海内一人。"

俞平伯："写与作俱豪迈洒脱。"

陈铭："海外奇人，一支笔写倒明清多少家。"

钱锺书先生评潘受曰："呓词直追定盦，南园诸绝与黄公度、邱沧海把臂入林。书迹古媚馨逸，融篆隶入行草，安吴、南海见之，当艺舟共载也。"

又云："大笔一支，能事双绝。"

叶圣陶谓："钱评字字恰当，非浅学所能道。"（以上均见《潘受近书三迹》。尚有彭袭明、翁同文、胡公石、苏渊雷、薛铸、章友之、青山杉雨、村上三岛等宇内书界名宿多条赞语题词。1983年4月由新加坡中华书学研究会出版。）

由此，华彩文言的议题逐步转向钱锺书先生。

潘受先生作为冠盖南洋的书法大家、中华文化代表人物之一，虽长居海外，却多着乡情，少掉偏见，更未受到关联舆情牵制，领头将口锋转向钱锺书先生。他说自己一直期盼钱先生评论，同时诚请先生为其书法作品选集题写书名。潘先生一到北京，钱先生先得到消息，就说他是来北京讨"中国第一书家"题签的。钱先生立即表示，"第一书家"只有潘先生本人才是；事情可以办，需要改变说法和方式。于是钱师应邀出席，便有了这次聚会。

这次盛会，虽名之曰为"欢迎书友"，其实际当作为中国书法界的一次空前绝世的"神仙会"。事关重大，钱先生再三推托。潘受先生执意坚持，而同座诸位均称"非默存莫属"，选举已决，不能再行违拗众意。钱先生终以兄弟之谊应之席间。

日后又几经筹措,墨宝依旧求而难得,下面一页书信可作为确证。在潘先生盛情再邀之下,"海外庐书跋 钱锺书敬署"题款玉成,从而铸就中华文化书谊之璀璨华章。

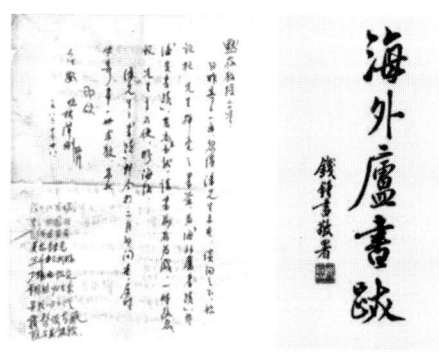

友人潘先生秘书再次致函,皆系委婉请求先生赐书字事

钱先生历来不以书法家自诩,可评论起书家、书品、书道都非常精准。大家皆知他只要条件允许,每日晨书翰墨,从不偷懒。杨绛先生在我的建议下先抄"钱选"唐诗,再抄录《槐聚诗存》全文时,正值钱先生住院治疗,聊托思念之情,全部抄完之时,正巧先生出院,她高兴,同意将抄件影印出版,因大陆、台湾地区同时刊行,得以在读者中流传。

杨先生为之写了一篇"前言",其中对于钱氏书法有一段权威描述:"钱锺书每日习字一纸,不问何人何体,皆摹仿神速。""每日一纸"和"不问何人何体"都是至关重要的实录。

钱先生的法帖作品冠盖天下,早为世人所共知,左右众生

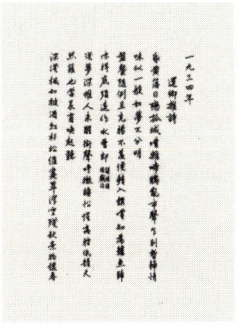

杨先生所抄原件早成珍品

常为先生不平,不肯以"书法大家"称之,更不能在书坛就位。大家总结了五条,我以笔记之:

一、"每日临帖""不择笔墨"

二、"逢帖必临""不限欧柳"

三、"苛求帖似""勇造新境"

四、"条件禁止""易之默写"

五、"敬惜字纸""不遗痕迹"

因此,对钱锺书先生的书作"何体"之问,甚是不妥。只宜称其为"钱体法帖",正与"苏黄米蔡"等齐。

我偶尔见到丢弃的那些精美的字纸,心痒难耐,一改纹丝不动的习惯,想讨上几片。先生总说:"没写好,下次换好纸、好笔、好墨写好再送你。"此种语气说法,对我来说十分平常,往往成为我不坚持讨要的原因。下面便是先生临帖的弃品,几

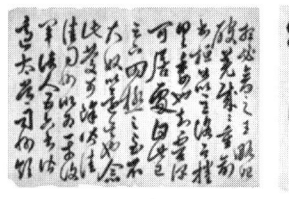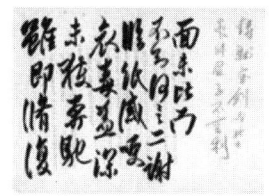

钱锺书先生的临帖

十年陪着我,既忻然朗目又亲切养眼,不可或缺。

先生字,出多家唐宋名帖,偏好苏黄,但呈米蔡风骚。独创化出,自成一家。从不肯居古今书家之下,开出一朵朵"钱氏奇葩"。书坛奇品反被自己学术光彩所盖,有如云遮雾蔽,似乎全能之冠尚不及单项取牌,足以令观者惜称。就我所知,他的绘画亦有功力,只是随画随毁,存留稀少,但不等于没有留存。他漫画随意写生,哲风弥漫,平步典故,也当令人黯然失色。他的绘画作品多存于他的书之中,编者不明,竟置不顾。众所周知,钱先生在书家之上,名实相符的称号尚有思想家、哲学家、学者、诗人、文学家、评论家、翻译家、心理学家、历史学家、考古学家、经学家、绘画和绘画理论家、西方文学研究家等。当然最为适当的只能是他自诩的"作家学者",现在用权威的四字——"名家大师"来概括,更为精准正确。从青年时代起,先生一直被各种赞扬和崇敬包围着,可以说是达到人生的顶点了。谁都知道,人和人比,不会是一百比一,而实际状况只能是一百比九十五的微小差别。

钱先生总说,自己受到了许多不恰当的吹捧。我说,对先生的夸赞总让人感到不足，主要是能够精准到位的稀见少有。尽管"过分"常有，但"不贴切"是重要的欠缺。有如"隔靴搔痒"，我说给先生，可先生不认账，说那是《景德传灯录》的作者释道原说的，"不算数"，我看更似明代澄印和尚在他自己文集中所记的"铁篦搔痒"，成了酷刑。

日子一久，经识渐多，见怪不怪，可以断言那是一种"移位颂词"。大多数评论出位离席，导至"内行本位"的公论反而缺席。于是智慧过人的先生把自己定位在"作家学者"上，不露声色地绕过"越位过线"的说辞，绝不去附和空洞的"口号和颂歌"。

钱先生在八十岁生日之际，我在替出版社写的《写在人生边上·出版后记》中，曾首次郑重使用老人家为自己定位的"作家的学者"称谓，后又简化自称"作家学者"。此中深意，正像他在晚年坚持要求从文学所调出一个样，往往不会为读者所了解。好在先生自己修改字迹尚在，付印版样也在，他的人事

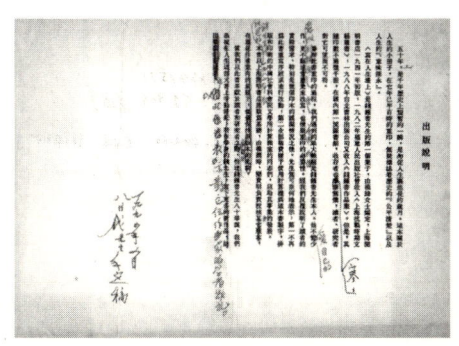

《写在人生边上》出版说明

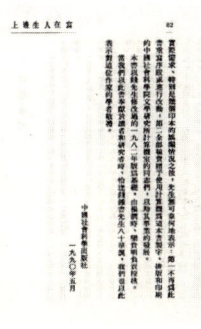

付印版样

关系在不在文学所，都不是可以随意否定或猜测的。

作为钱先生大部分人生际遇的知情者，面对各式各样、五花八门的说法：当头斥责背对声讨也许就是一位告密者，有之；捏造胡扯假设事实者，有之；谎称瞑目未见充耳不闻者，有之；骂街寻衅争抢视点者，亦偶有其人。

文化思想和学术观念，只有后顾，不足为论；适时前瞻，方为完说。在钱、杨二位先生相继辞世之后，关于他们遗物的捐赠，一度火热。可已逾多年，作为现代中华文化遗存，温度全降。得藏单位，一不公开清单，二不公开展出，三不公开宣传。完全成为私家珍宝，仅只张布口头"遗嘱"，谢绝参览。变相为新鲜的"移位"（"小说逸语"部分已作解释）之举。再有钱、杨二位的故居，岂能风去楼空，甚至待价而沽？至于他们的作品，本已满目疮痍，如果任由陷落，情理难容啊！这座巨大文化花园，如再不及时全面"抢救"，将会丧失许多。钱锺书不属于任何人、任何单位。

早年，对钱先生的"移位"研究，我曾整理归纳了彬彬有礼的几条，抄出来给先生看，先生说"谢他们抬举我，谢他们帮我"。现在可以抄出来，以供读者一笑：

唐诗专家往往说先生是"宋诗研究首席"；法文大家多断言先生是"英语翻译第一"；小说作家常夸赞先生是"古典学问冠军"；文化学家则哀叹先生是"长篇创作高峰"。

关于"移位"一说，钱先生早在三十多岁时写的《上帝的梦》一文中就有：不说"过了一年"，说"引进了一步"；不说"寿终",说"行人止步";不说"哀悼某人逝世",说"百步笑五十步"。

先生所指的"语言移位"现象,归而结之,非"口是心非"便是"口非心是"。心口是非,对移过位,构建出人生社会的戏剧百态。这种多变现象,究其产生的根源,只能是先生先天智慧和毕生勤奋努力的结果。

让我们把话题再转回书法。这里再来看几幅作者以"书法"自称的作品。需要说明的是,钱锺书"书法"作品如果能自称,按"移位"原则,应认定为"法书"或"法帖",和"苏黄米蔡"一级。以下几幅作品,都是钱先生自己认定属于"书法"的作品,绝不是随意的字纸。"大师"需要一千条理由,钱先生的作品,正写草写甚至戏写,都令人眼睛发亮。钱、杨二位先生每日同时习字,钱兼任老师,批改圈评,成为钱宅一道闪耀的彩虹。钱公生动地记录了书法大家的必由之路,那是中华文

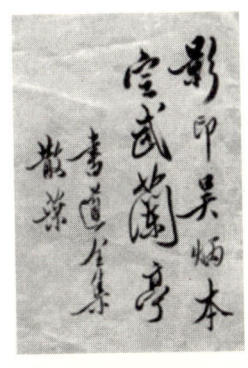

钱先生书法作品

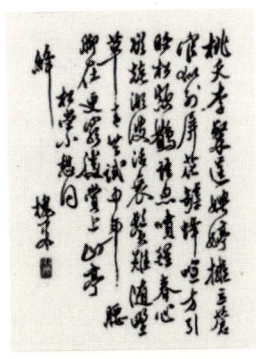

钱先生诗文法帖

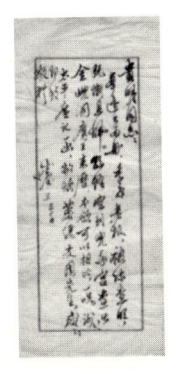

留给杨绛先生的书法纪念

化里最悠远的铁杵制造法,久违了。

钱先生其他书法亦各有韵味,绝非单纯书法作品,应以艺术绝品法帖称之。

钱先生经常说,他当不成书法家,书法家必须会写多体之字,有名师教诲,还需要一辈子努力临帖。他只是坦诚地说自己"几乎天天写帖""诗文稿字写得不错"。我有幸见到田奕女士收藏的杨绛先生的墨宝,上面广布着钱先生的指导痕迹,让我们再次感受到钱宅"夫唱妇随"的好风光。钱氏红圈判批,依稀可见。杨先生小注为:"头晕久不学书,讨得安慰奖,聊以自勉。杨绛志。一九九二年三月十三日。"按本页书大字四,中楷字二十,得钱先生红圈十八枚。

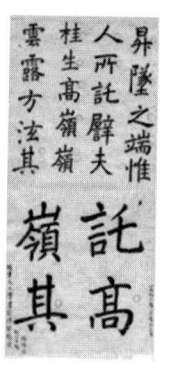

钱先生批杨绛先生习字帖之一

杨先生高至百岁之上,仍每日临帖,可惜我未得到。此为临唐太宗的《大唐三藏圣教序》,武则天撰、中宗书的《述圣记》,是1992年3月13日,钱先生正襟直坐写帖,西侧杨先生在面向南窗小书桌上，每天清晨按例必临一纸，约半小时后慢功临妥，持之在钱先生面前展视。钱先生用铜笔帽，蘸上朱砂印泥，精审细批，在应得到表彰处盖上红圈，一字或一或二或三。杨先生一见朱圈，总会兴高采烈，如逢佳节喜事，更似获头奖大彩；钱先生则一本正经，一边下评语，一边按下圈圈，绝不含糊。一旦按过，杨先生会立马接下笔帽，代蘸印色，递给先生，再盼下一个圈儿。偶尔有杨先生表示不满，甚至不赞成的评语，钱先生一般很难接受，但不会因吵闹起哄而改正判语，至于加盖红圈，就更困难了。钱先生经常笑道："贵明在，让人家看看有这样的学生吗？"上印件中所记，不需我再做注置笺。其他各幅，在1992年1月8日、9日、10日、11日等幅及钱先生朱圈和杨先生附注小字，墨迹奇珍，字体畅然如生。但红圈的出现不是一词"下圈"能遮掩的，深意不知，移位恐怕就困难了。

只有下这等功夫，才能称得上在某天成了书法家。写这些字的钱、杨二位书者，用他们一生非功利的不懈努力，才能抵达臻境。有人想一个早晨便成为八大山人，千万别想，梦也做

钱先生批杨绛先生习字帖之二、之三、之四

不来呀。带有常识性的错,往往更难纠正。先生在不懈努力中,已习惯"移位"的"舆情",负负得正,把一切被颠倒的"结论"扭转了回来。在传统书法上的崇高地位,不容置疑。我曾带领几位学生,完成《钱锺书法帖》的编辑工作,使其位居正,名不移。

(本文取自未刊《大书出世》书稿。《文艺报》于2020年12月2日,为怀念钱锺书,曾摘要刊登,题为《对钱锺书先生的移位颂词》)

五、《管锥编》密码

大书《管锥编》构思于1970年之前，成书于1975年，1979年第一版在北京中华书局正式出版，1986年第二版出版，1991年第三版出版。该书作为中华文化的要籍，历经三年多完成，原稿一百四十多万字，语言文字风格大如先写后编再出的《旧文四篇》。

《管锥编》的初版仅四册，字数较原稿、誊清稿都已大为压缩，我同钱锺书先生一起估算，压缩量大约有四十万字。所称"誊清稿"，是按出版社所传的"建议决定"：由原样稿再誊清稿的字数"不得超过八十万"。钱先生的原稿除存有大量修改墨迹之外，只不过字数有所超过，因此在下认为根本不必进行所谓的"誊清"，只要整理好就行。可是得到通知，要出版必得用《柳文指要》做模板，誊清稿的字数一定要符合出版方的字数规定，因此从审读初稿看，必须进行"严格的压缩"。

在这种情况下，我坚决主张钱先生对之"不予理睬"，交稿完事。先生说："照你的办，咱们俩多少年的努力将付之东流。""嘻，算了，能出书最重要。""你要尽量帮我记着这些事。"这是我记下先生所说的零言碎语，当时记下来，并不觉得有什么重要。先生经过一年多努力，做到"为过桥而修路"，重新压缩，誊清成新稿，卷面质量非常高，几乎没有改动的墨迹。读者大概不太能像我一样，再见到被废的初稿。至于数千页的誊清稿，则完全在钱先生的预判之中"丢失"，我不可能再见，成为我平生最痛心之事。

先生精心设计抄改，分批交出誊清稿，实际上还是突破了"八十万"的上限。不出所料，不管上限还是下限都无法越过严谨的编辑。多日之后，我豁然开朗，需要我"帮助记住"的事还真的很多，让我慢慢还给读者。这是后话，破例提前预告。

记得当初先生猛一听到这一有关字数的传话，也曾立刻出招，说可先出"上册"，再出"下册"。后来先生自己想想也否定了，因为"《柳文指要》是标志，不得逾越"。可钱先生的写作有如"火山喷发"，岂能按下不表？几天之后，先生已经开始大规模的"誊清"操作了。先生悻悻地对我说，想想过去，八十万字已是"天大恩典"，须得快快"领旨退朝下去罢"。钱先生这种奇妙的京腔，外人中只有我能听到，但不知他老人家这出是在学谁。火头上，自知不可浇油，我只剩下苦笑。此间先生见我可怜，特将自己书写流行的"高压锅"三字送我，我真以为他要托我买物品，他否定。奇特字条中有一个奇妙的简化字，并衬以它字组成一句，亲手交给我，似乎要代他留作特别时期的特别记录。我有如得万斛珍宝，至今高奉，但我不能"全解其意"。

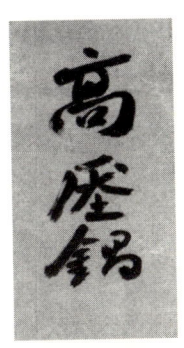

书法"高压锅"

所谓誊清稿的压缩过程，实际就是对"文字数量"进行压缩，既经当时不计其数的论辩和说明，均属无效。先生毕竟心疼"内容"而不舍得，设想只能从"形式"上下手，将"白话文"压缩为"文言文"，是唯一的可行之路。先生说他倒可以借机"自得其乐"甚至"表演一番"。悲观主义者钱锺书，往往对生活采取乐观的对策。大规模交稿之时，先生对我说，"我不按规完成任务"，"一定饶不了我"。然后先生说："真的不让你再看了，免得生气吵嘴。我一个人生气，已经赔了大本钱。留着你还有别的用处。"

《管锥编》从其初生之日起，就如一位超人类的顽童，妙趣、深邃、辉煌，总好似摇着拨浪鼓，在路上、海上、天上，玩耍嬉笑向敬重他的读者示好。倾听和细读，能带给好文者无可取代的欢愉。或者说，敝人是一名败兴者，专门展示记忆中的伤害。我爱钱锺书的读者和研究者，要告诉人们真相，免去辩驳谣传和谎言，以求唤回那位纯真美丽多学的老少年。

钱锺书那些失去的文字，在我每日读写校改的生涯中，记忆非常美好。当它离开书面之后，就变成我的隐痛。先生那时正在国外访问，一回国便说："知足吧！把嘴给我闭上。知足者常乐，这些文字足证我文言尚苏而超苏（东坡）！"岂不知稿子送出之后，立即又传出"八十万字，超出太多"，编排双方似乎都得了字数"幻想症"。

于是《管锥编》大量出现"……"，以缓解对字数的恐惧。这样的创造，简直成为理论著作"现实里"的特例。

大书一经出世，作者开始了历时二十年不休不止、不断的"补订"生涯，以追索回被删除的文字。本不应删除的内容，字数逐渐增加了一册。这对我来说，并不意外。因为这些内容绝大多数是原来就有的，绝非是"后来阐发的"。作者自己发现这些情况后，也未曾公开说明。钱先生不止一次地自嘲道："俺光明磊落，非要逼人用'……'躲躲藏藏。"

令我大感意外的倒是一件小事：版权页上的字数远远高于实有字数。钱先生带我猜测，又经计算机计算证实，总字数实际并没有那么多。这么一对比，倒是让事情变得有趣了。

至 2001 年，钱先生已仙逝有年。在学海潮涌的情势之下，《钱锺书集》三联本紧急出版。我应出版者之命，在退出编辑工作时，奉命须留下一条"意见"，方可走人。我曾真诚地建议把作者"补订"的文字复位，希望使失散数百条的二十多万字逐一得以"遣返"。由于钱先生预有安排，经我推荐，杨绛先生照允，请编辑马蓉执行恢复运作，幸得 116.6 万字的全新版本。较之 109.7 万字旧版本有了丰富的补充，但未及其他旧版问题，而那些问题只能留待今后一一解决。

先生过世半年之前，打算把自己的著作分人照管，分在我的名下的是《管锥编》，我和大家一起拒绝了。一来认为钱先生一定能挺过难关，健康可以恢复；二来我必须坚守"不取寸纸分文"之诺。三联本在筹措之际，又生许多分歧，我遵杨先生嘱退出，并留存了那"最后"一条意见，同时加注恢复《高唐赋》，感谢他们照办了。

如今先生去世已二十三年，我亦步亦趋，基本完成了他老人家在计算机上建立"古典库"的大业，崭新的"万人集"也已顺利出版了三百多种。在下垂垂老矣，故当瓦盆洗手，只余几桩小事，随兴为之而已。

眼下还得从《管锥编》说起，先说第一件奇妙之景：关于"……"。

说百年文化运动，就得从新文化入手。新式标点，则是最显眼的一项成果。我辈应是还存一些旧味的文人，总会认为字间的标点可有可无。一但古文要标点、今译、外译等，当然还是用上的好。不料如今一个大毛病来了，一旦不用标点，不止读不懂文句，还真是一下便暴露了作假的古文和古董。新写文言者，往往不知他离不开标点，没了标点作者自己也读不懂，一切均假。闲话少说，不宜在本篇打假。

《管锥编》的两个版本，在标点方面，共有的妙处之一是以"……"为代表的省略号。凡标点自有它的用处，不可轻易反对。《管锥编》里的"……"可不平凡。首先让我们看看它在"引文"上的泛滥：中华本《管锥编》全书四册109.7万字，有1840个"……"；三联本《管锥编》全书116.6万字，有2183个"……"。这可谓数量之大。

"……"原称"删节号"，至1930年才统称为"省略号"，强调了作者使用此符号的自主性。想来他们并未采用西方的"…"，大约也是要留下些旧情吧。记得我在完成钱先生下达的《永乐大典索引》编辑任务时，先生定下了规矩，一定要使用西方的"…"以精简不必要的累赘篇幅，那显然是为了读者考量。语法定义该符号代表以下的意义："重复词语""所言断续""意在言外""难尽语意""言语中断""含混其词""沉默不语""语句延长"等，他们似乎忘记了另一项特殊的使用规则，即为被删节的记录。

钱锺书长篇旧作《谈艺录》，也有幸经过编辑之手，那时都不曾使用省略号，究竟为什么会在《管锥编》里大量出现呢？恐怕就是选择了"删节号"的原始定义。在《管锥编》里，有一条通行的规则：除作者常规应用的少数几个"……"之外，只在"引文"中使用。我清楚地记得,应该是在初始校改"排版清样"的时候,先由编辑开始做主使用的,取得了明显的效果。在得到删节字数裨益之后,似乎还得到了赞扬。于是通知作者开放使用。作者本人表示不能"因小失大",但也不得不用几个应景。可在出版之后,钱先生才发现问题严重得"不像话",又通过我向出版方表示"过分了",但为了"保持体例",便也作罢。

下边我们为读者随机录出 100 条例证,原样提供给读者选读。当然还须举出被删文字做参考。就是说读此材料,必须先认明以下凡例:"……"为中华本《管锥编》正文。其位置为编辑使用该符号的具体地方;下面的"【 】"内为被删节的全部文字,原引文标点保持;再下面"#"单行,则为删除的字数和原有字数的比例。所有字数计算,不包括标点。读书不遵凡例,是不妥当的。违反了凡例的批评者,我不便答复,因为那是不平等的对话。

1. 中华书局本《管锥编》第一册第 4 页,钱先生引

《庄子·杂篇·寓言》:"恶乎然?……【然于然。】恶乎不然?……【不然于不然。】恶乎可?……【可于可。】恶乎不可?"

11/25=44%

2. 中华书局本《管锥编》第一册第 4 页,钱先生引

《汉书·东方朔传·赞》:"依隐玩世,……【诡时不逢。】其滑稽之雄乎!"

4/14=28.5%

3. 中华书局本《管锥编》第一册第62页，钱先生引

《关雎·序》："故诗有六义焉：……【一曰风，】二曰赋，三曰比，四曰兴。"

3/18=16.6%

其余略。总之，100条的平均删除字数占比是37%，总计59%（3083/5220）。

按此统计，每条52.2字，删除的约数为30字。按三联本的2183条计，总共被删去约65490字，这几乎印证了一位大戏剧家的话"喜剧的终点都是悲剧"，因为引文的结束全是删节号。又听说，宋代大诗人杨万里为一本书写的序，谈的正好是"古者有亡书，无亡言"，称所引皆"可喜可笑可骇可悲咸在焉"，此处却偏说及"言也亡"，当然使我们"喜笑骇悲"四味"咸失"了。

一条条读下来，可以窥见这100条大体的规律：

一是本文所涉被删的内容均为引文，这肯定会对作者论述的完整性造成伤害，对读者的理解深度造成影响。如果需要全面了解，再要查找原文将加大读者阅读难度，甚至难到无处寻找。由于钱先生引书用书，非他人所能及。引文在《管锥编》中至纲至要，因为只有它们才能帮作者织成"中华优秀文化"密网。早年间，多有学者证明在钱先生引文中，果真有因原书原稿佚失而不能复核的情况存在。

二是这种"删节"导致"引文不明"之责，只能落在作者

头上。因为我们既可以发现所删位置有误,又可以看到所删无助于篇幅的缩减。

三是前面已说过的事实亲身经历,不容大错。我们如果翻读一下 1948 年的《谈艺录》,虽然也是经同一人编辑的,但我们已经详查并举证,确无省略号使用。可到了 1984 年,《管锥编》却有了大量省略号的使用。

累年积蓄的许多原则分歧,导致作者"不再写、不再出"的"倦意"席卷了书桌,写下严肃的"表态"文字。虽有限延绵迟发,仅只避医,并无疗效,更终不能惠及读者。诸多读书人,细心着力而未能引起自己一丁点儿正确的关注。他们中的敏感者,有所察觉而瞄错了方向,费去了许多宝贵的时光而未及要害。钱先生转而专心投入"中国古典数字化工程",使该工程得到了"得天独厚"的恩赐。从那之后,他的大部头著作都另寻其他出路。如果从那时开始能够冷静、客观地重读《管锥编》,一定可以深感令读者"自叹弗如"的叹息此起彼伏。多年来,舆论漫卷的风向,一直对钱锺书先生同情而无奈。但只要走近钱先生本人,便会有奇诡的看法,立即会说:"啊,原来这样!"有一位"钱学"爱好者出于好心,应该说是把先见设置不妥,导致了严重的失误。他说先生"晚年少作",其实错了。先生用他晚年的珍贵时光,为伟大的、他终生挚爱的祖国留下了一座达二十亿字的"古典库",那里几乎没有一个非作者本人所强加古代文人的"删节号"。先生曾断然下令:不得加"删节号",不得使用现代标点,只可适当"点断",而对于《四库全书》，一定要改选其他正确的版本。那是一片崭新的新天地，是真正保护古籍的好办法。

像省略号之类的问题，在《管锥编》里远远不是唯一，而是之一。由我来提醒此事，是出于计划之中的一项责任。

钱先生早就说了，"省略号"应该恢复至五四时期的定义，还是叫"删节号"为妥，哪怕靠近洋人的"…"也好，因为它在一定程度上可提高效率。因此，在《钱锺书集》中的"……"应该有两类：一者是作者钱锺书所使用的，比如在小说《围城》《人·兽·鬼》里，是"省略号"，作者自己正当地使用，这是极少数；也有的在使用之前曾郑重声明，比如在《管锥编》（一）下册，第401页，云《元秘史》卷七"兹撮录之"，下边用了八处省略号。这种情况，为数更少，需要认真甄别。二者是编辑过程中使用的，比如在《管锥编》和《谈艺录（下）》中，只是"删节"的暗号，均非作者本人所使用。

此事被称作"密码"。我在结束本文的最后，再使用一个"……"。请看好，这次究竟是省略号，还是删节号？要请您猜一猜了。

六、刀光剑影里的素交

我向钱先生问起效鲁先生,他先会用一句话概括,说是"我一生的好朋友";再问则是"他诗多,写得也好"。两个"好"字,感情浓厚。等他肯多说时,也有微词:"一个抗日,一个做官,一个'反右',不听劝,不认错。谁能说服他,不容易。一旦说服,他一定会用终生努力,将事办得漂亮完满。""费了我不少唇舌和笔墨。仅书信一项,再加上诗,真可以出上一本书,记下我们共同时代的两个人生。他的许多事是不能问也不能说的,有时真算得上刀光剑影。回头来看,让人后怕。他的诗可以用作公共教材,比起时兴的诗耐读。"听着这席话,我自知情况复杂,故事丰富,令人垂涎。

（一）初始久谊

1938年7月末，钱锺书和杨绛带着女儿钱瑗，结束了三年欧洲留学生涯，途中经法国马赛回国，在乘坐的"阿多士二号"（Athos Ⅱ）游轮上与冒效鲁先生偶遇。我曾猜东想西，却料不到他们是偶然在路途上相逢的"旅友"。相识必有别期，"旅友"交情能延绵五十年，真算是奇闻一件了。他们以诗为友，交流切磋，有许多赠答之作，现在仍能读到；他们长期协调合作，在山水风光之中也有惊险的刀光剑影。钱先生在这段友谊中，充分体现出我们中华民族为捍卫主权的无畏。他面对复杂的局面，表现得既勇敢又智慧，取得杰出成绩。所有这些"成绩"正记载在他们的赠答诗里。

冒效鲁先生，字景璠，又名孝鲁，别号叔子，1909年出生在江苏如皋，比钱先生年长一岁。如皋冒氏乃成吉思汗后裔，历代名人辈出，如明四公子之一冒襄、近代名儒冒广生（字鹤亭），都是中国名人。效鲁先生是鹤亭先生的三公子，因天资聪慧，家学深厚，耳濡目染，少时才学便已初露锋芒，得到当时名士康有为等人的称赞。鹤亭先生在《作诗一首示景璠》中亦有"我有五男儿，璠也得吾笔"句，可见效鲁先生的才情多得长辈肯定。陈巨来《记十大狂人事》则称效鲁先生"每读鹤丈诗文后，必指摘之，连呼不通不通。老人亦只能默认而已"。其恃才傲物可见一斑。就是这样一个"狂人"，却成了钱先生惺惺相惜、一生以命相许的挚友。

1933年，效鲁先生作为一位高级俄文翻译，随驻苏大使任职五年。他曾经历的文化外交事件中，比如梅兰芳访苏、徐悲鸿画展，均由他出任译员。1938年，他奉国民政府令取道欧洲回国，恰与钱先生邂逅。据钱先生《得孝鲁书却寄》（说是文章，但实为古诗长句。登载于1940年2月《国师季刊》第六期，见本文第八部分，下同。）所记，效鲁先生称其在苏联时，读到过钱先生发表于杂志上的英文作品，已心生向往，期盼着他们结识的一天。能在异国他乡，尤其是在海上，不期而遇，他们欣喜若狂。两人对坐在甲板上，面对远去的红海，侃侃而谈；篇什对答，畅吐胸中块垒，大扫旅途寂寥；他们的兴奋在于正在驶往久别的祖国。钱先生在诗中称此次对谈是"子囊浩无底，我亦勉倾筐。相与为大言，海若惊汪洋。哀时忽拊膺，此波看变桑"。钱先生诗后文中又有"有子心目间，从兹不能忘"语。再看冒先生《送默存》诗中的"我坐寡朋俦，交子乃恨晚"，应是对两位先生这次邂逅最精准的注脚。那么，钱先生的歌句"寄书恐不达，作书恨不详。安得不须书，羽翼飞子旁"则可视作两位先生日后交往的写照与期盼。他们不能一起做武士，便齐走正步做文士；虽不朝夕相伴，但却能做知心合韵的诗友。正如他们自家诗句："寄书勿遗远，得书苦语短。"写尽两人微妙内心。风风雨雨五十载，两位先生的书信往来、诗歌唱和不曾间断。他们之间的交往也正合钱先生为友谊定义的最高境界——"素交"：无利害，又无声名，只为诗句相对，把个心儿相交。

钱先生对"素交"的解释，在他的美文《谈交友》里有说："没有比中国古语所谓'素交'更能表出友谊的骨髓。一个'素'字把纯洁真朴的交情的本体，形容尽致。素是一切颜色的基础，同时也是一切颜色的调和，像白日包含着七色。真正的交情，看来像素淡，自有超越死生的厚谊。""真正的友谊，是比精神或物质的援助更深微的关系。"这份素交，是那些战火纷飞、动荡不安、文化"浩劫"的岁月里他们最深情、最温暖、最有力量的慰藉与指引。

钱、冒二位先生的"交往"，完全可以用"素交"概括。"素交"是交友的最高境界，他一定伴在华贵的歌诗里，一定是皓月当空、宁静如水，是纯粹的私人空间。众多精细研究的"钱迷"，从未有人在钱著和他一生记载中发现，文质彬彬的一对友人竟有一本"刀光剑影"的故事，还是从很多年前就早已开演，至今未被发现。人们热情的研究工作，使我们完全可以逐渐领略到钱、冒二位素友的生活当中那些不起眼不经心的旧诗的全新内涵和深度意义，而且扩展了研究的广度和色彩。"素交"可真的不简单，要做到做好，也忒困难。当然，没有困难的人生，根本算不上真正的人生，这出由冒先生主演，钱先生导演的人生最困难的戏剧，就是这样在诗歌里展开的。令人想象不到，钱先生在自己的一生中，能有如此出于意外而合乎逻辑的经历。先生的一生，一点不偷懒、不回避，方向正确，永不后悔。如果让他有功必录，似乎难上加难，难于登天。

（二）好诗如镜

卞孝萱先生在《冬青老人口述》中有一节讲到"钱、冒双雄"，专门谈钱锺书和冒效鲁，说他们两人的共同特点，一个是"狂"，另一个是"痴"。"狂"是自视极高；"痴"则是都痴于作诗酬诗。1941 年，钱先生为徐燕谋诗稿作序说"余集中诗为君及冒君孝鲁作者最伙"。而冒先生的诗集中，与钱先生的唱和也是最多的。从两位先生正式出版的诗集统计来看，钱先生《槐聚诗存》共收 172 首诗（按诗标题计算，以下同），其中涉及冒先生的诗有 19 首，占全书的 11% 左右；冒先生的《叔子诗稿》共收 267 首诗，其中涉及钱先生的诗有 26 首，占全书的 9.7%，比重不可谓少，旗鼓相当。

钱、冒二位先生都不轻许于人。但对一见如故，互为一生友谊的密友来说，二人又互相赞许对方。

钱先生在《得孝鲁书却寄》一诗中称冒效鲁说："翩然肯来顾，英气挹有芒"，赞他的诗"独秀无诗敌，同声引我怆"。既是共同论文高谈的挚友，有《杂书》："近邻喜冒郎，璠也洵鲁璠。折简酬新凉，茗碗共论文。"又因诗雄而狂的冲动，有《答叔子》："篇什周旋角两雄，狂言顿觉九州空。"还称赞其才华横溢，有《叔子索书扇即赠》："梦觉须臾抚大槐，依然抑塞叹奇才。"再是赞美冒先生夫人贺翘华女士，有《题叔子夫人贺翘华女士画册》："绝世人从绝域还，丹青妙手肯长闲？"

二位先生初相识，冒先生便在其答诗中一一状写钱先生，字字珠玑,新意迭出,如《马赛归来与钱默存论诗次其见赠韵赋柬》(其一):"邂逅得钱生,芥吸真气类。行穿万马群,顾视不失弃。谓一代豪贤,实罕工此事。言诗有高学,造境出新意。"(其二):"我诗任意为,意到笔未至。君诗工过我,戛戛填难字。云龙偶相从,联吟吐幽思。苦豪虽异撰,狂狷或相类。"有讲钱先生和他都痴于吟诗,因耽诗成痴——《红海舟中示默存》云:"苦殚精力逐无涯,我与斯人共一痴。"有讲生死之交真情谊——《次答默存见寄》云:"死生师友言宁负,肮脏情怀汝最真。"同样也赞美钱先生夫人杨绛先生——《得默存〈九日寄怀绝句〉逾旬始报》云:"想得添香人似玉,薰炉一夕辟邪寒。"一报一还,有赖天助。

对比下来,二位先生真像,天下无诗在其右。

(三)酬答事纪

钱先生与冒先生如果仅写对手、风景和学问,算不上诗坛大家。诗人能做到忧国忧民,充满沉重历史的使命感,做勇于担当的学人,才能造就不朽功业。因此在他二人的书信往来、诗歌酬唱中,也有许多涉及时政的诗文。为充分了解这些绝非口号而是为国为民的诗,我们必得先来将二人的酬唱之作放在当时可以对比的身世经历、职务及当地的具体环境中,才能更好地体会他们寄托在诗文骈语中所巧妙表达的家国情怀。因此,下列简表不可或缺。

	钱锺书（江苏无锡人）	冒效鲁（江苏如皋人）
主要经历（一）	秦氏小学，私塾。 1920年，无锡东林小学。 1923年，苏州桃坞中学（美国基督教圣公会教会学校）。 1927年，无锡辅仁中学。 1929年，清华大学。 1933年，上海光华大学任教。 1935年，英国牛津大学艾克赛特学院。 1937年，法国巴黎大学。 1938年，归国，于游轮上结识冒效鲁。清华大学外文系教授（西南联大）。次年，国立蓝田师范学院任英文系主任。	私塾。 1922年，金陵附中。 1923年，美汉中学（美国基督教圣公会教会学校）。 1925年，国立北平大学俄文法政学院。 1930年，哈尔滨法政大学。中东铁路工务段翻译。 1933—1938年，中国驻苏联大使馆任秘书职。 1938年，归国，于游轮上结识钱锺书。
主要经历（二）	1941年，震旦女子文理学校。上海各学校代课和私人家庭教师。 1945年，上海暨南大学外文系教授兼南京中央图书馆英文馆刊编辑。 1949年，清华大学外文系教授。 1952年，北京大学文学研究所外国文学研究组（中国社会科学院文学研究所前身）研究员。 1950—1965年，参加《毛泽东选集》《毛泽东诗词》英译工作。 1969—1972年，河南"五七"干校。 1982年，任中国社会科学院副院长。	1942—1945年，汪伪政府行政督察专员，伪行政院参事。 1949年，上海商务印书馆特约编辑、上海商专俄文教授。 1950年，复旦大学外文系副教授。 1958年，赴安徽大学支教。 1968—1973年，安徽大学、和县乌江公社，蹲"牛棚"。 1974年，安徽大学执教。

有此简表，可以方便了解他们赠答诗的不同环境和时间。

为了利于比较，应该先总结一下钱、冒二位身世相似之处：

1. 都出身名门望族。幼年时都受到族中长辈的启蒙，并且读过私塾，国学功底深厚；

2. 都上过教会学校，精通英文；

3. 都曾在大学执教；

4. 都曾担任编辑；

5. "文革"中都受过冲击，一下"干校"，一蹲"牛棚"；

6. 一生一夫人，俱名门才女。

钱、冒经历不同之处则也应明确列出：

钱先生游学欧洲，精通英国、法国、德国、意大利、西班牙等多国语言。一生以游学执教、学术研究为主，72岁才任中国社会科学院副院长，参加与学术文化相关的行政事务。

冒先生在北京、哈尔滨、苏联专修俄文。后从政，宦海浮沉，历经艰险。1949年后，二人一致投身教育，并热心支教。

（四）唱酬之美

1938年，冒先生在《红海舟中示默存》一诗中写道："各有苍茫秋士感""莫对海波谈世事"。

钱诗亦有《亚历山大港花园见落叶冒叔子有诗即和》一诗："绿上枝头事已非，江湖摇落欲安归。""试问随风归底处，江南黄叶已无村。"

此两首诗作于 1938 年他们自欧洲归国途中。当时国内日本侵略军炽焰已高，杀戮四起，生灵涂炭，罪行滔天。钱先生的母亲与妹妹被迫离开家乡，到上海避难。身在法国求学的钱先生本可选择远离硝烟战火，继续过学成后的平静生活，但他却毅然决然回国，选择了颠沛流离。如果没有强烈的家国情怀，怎会去做这种"痴"事，怎会有"苍茫""秋士"（均为钱先生常用语）之感。效鲁先生怀着同样的心境，稍许不同是"领命"自苏联回国。之后，二人投入战火前线，则无二致。

1958 年，钱诗《叔子五十览揆寄诗遥祝即送入皖》又发感慨："移枝栖息祝平安""诗里黄山白岳蟠"。

1958 年，效鲁先生五十岁生日，也是二人相交二十年整，钱先生寄诗祝贺。此时冒先生也响应党和政府的号召，自愿支援地方，从上海复旦大学外语系调任至安徽大学。二老不仅在学问、诗歌上相互切磋、扶持，在生活上更是彼此关心、惦念。

1966 年，钱诗以《叔子书来自叹衰病迟暮余亦老形渐具寄慰》慰问老友："相怜岂必病相同""心亦悬旌不待风"。"文化大革命"开始，而二位先生已年近六十，早知天命。面对动荡的局面，处变不惊，坦然接受，也无须去感叹人世间的那些公与不公。在这段漫长、惨痛又屈辱的岁月中，两位先生都以幽默、豁达、睿智的态度去面对，一个自嘲"教授原来是草包"，一个因烧不开水，而被戏称"半开不开钱半开"。

1973 年，人在"风暴尾"中，见到了明日的光明。冒诗有《次答默存见怀》来抒发："历劫风花阅险艰""举头明月许同看",钱诗《叔子书来并示近什》则回以:"耽吟心未止波澜""一流顿尽惊身在"。之后,钱先生《再答叔子》又出惊语:"世途似砥难防阱,人海无风亦起波。不复小文供润饰,倘能老学补蹉跎。"

此时冒先生已从"牛棚"中出来,返回安徽大学任教。而钱先生则于一年前(即1972年)自河南明港"干校"返京。1973年,钱先生《管锥编》已完成两册,可喜可贺。二位先生在历经种种劫难后,仍坦然面对过往,充满对未来的期盼,尽量去追回那些被无情夺去的光阴,这是怎样豁达、通透的境界。

(五)刀光剑影

1942年,二位先生唱和之诗突然减少,引人关注。当时正值艰难的抗日时期,冒诗暗明心境,钱诗振作坚守,终是诗调背景。这是一个极特殊的时期,具体背景是:日本大规模侵略中国,钱先生坚守"孤岛",绝不出山助敌;而冒先生却出任了汪伪政府的参事。他们的诗歌停止了吗?肯定没有。他们的交情割断了吗?他们的诗谊面对政治,不可能逾越民族大义。二人或者分道扬镳,或者干脆貌合神离甚至决裂,均是可能的选择。然而其间尚有少许赠答,表面看来似乎并无是非。

看来,要想回答这个问题,就必须查明这一时期与他们二人的诗歌创作相关的叙述。

我立即按照钱先生创建"中国古典数字工程"的"拾穗靡

遗，扫叶都净"的思路，安排扫叶公司以田奕、万春莲、丁冬为编辑一组，以陈飞、崔昌喜、张波为编辑二组，分头进行广泛深入的探查，很快得出了不同的两个结论：一是酬答诗如故，但似有异味。喜诗的田奕说："有问题，肯定有问题。"于是大家开始分头对比研究，以下三首诗是变化的重点：其一，冒诗《夜坐一首寄默存》作"天荒地变入悲吟，不改沉冥势后心。忍死须臾期剥复，观空索漠证来今"；其二，钱诗《答叔子》作"书生端合耐家贫""立作波摇待定身"；其三，冒诗《次答默存见寄》作"漫说粗官可救贫""但明吾意岂无人"。

编辑二组则在《冒怀滨、冒怀科谈如皋冒家》一文中发现，据冒效鲁先生之子冒怀滨回忆，冒、汪两家是世交："我祖父的祖父文川公、伯祖父哲斋公与汪精卫的祖父一辈多有来往，而我祖父在广州六榕寺读书的时候，老师是汪精卫的大哥汪兆铨，同学是汪精卫的二哥汪兆镛。"

这应该是冒效鲁先生加入汪伪政府的契机。冒怀滨还回忆："父亲在汪伪政府任职这件事，父亲有难以表白的隐情。"究竟是什么"难以表白的隐情"？冒效鲁先生及其家人始终守口如瓶，今人大多只能推测分析。

历史是连续的，但记录往往中断。冒怀滨的文章表现得突兀，但极重要，他说："抗战胜利后，父亲为了'避难'，到西昌投亲，李明扬将军为他开了自己人的证明。""1950年，陈毅来上海，到我家看望祖父，父亲（冒效鲁）在一旁作陪，陈毅对父亲说，我知道你。言下之意，是承认父亲当年做过的贡献。"

李明扬将军曾参加辛亥革命和北伐战争。抗日战争时期，历任国民政府第五战区游击总指挥、长江下游挺进军总司令等，与新四军多有合作。李将军为冒先生开证明，陈毅元帅对冒先生表示肯定，都已说明问题的性质和结论。

冒佳骐在《冒鹤亭与陈毅、周恩来及毛泽东的交往》一文中的记叙，带我们进入一个更深层的认识。1957年，冒效鲁先生的父亲鹤亭老人带领全家在北京暂住，周恩来、陈毅都曾登门拜访探望，随后毛泽东、朱德在中南海接见了鹤亭老人及其家人。会面时鹤亭老人拱手道："老朽此生得见当代两大英雄，曷胜荣幸！"朱德连忙摆手逊谢，毛泽东捡起筷子指着饭碗说："英雄也靠人民的粮食生活呀！我们不是神仙，也是吃人间烟火食的凡夫。"临别时鹤亭老人赠言："共产党是狮子，不可自己生虱虮。虱虮虽小，害莫大焉。"毛泽东说："是咬人的虱子吗？"鹤亭老人说："是的。"毛泽东拱手说："谢谢。"毛、朱等领导人对鹤亭老人一家甚是尊重，文章并未直接写明一点因由。

冒广生（字鹤亭）

冒氏祖孙合影。前排立于冒鹤亭左侧者为冒怀辛，后排左起第一位为冒景琦（舒諲）

2021年,陶喻之先生撰写《钱锺书诗友冒效鲁疑为卧底身份》时,对上述材料都有所引用。但引用和结论是有分寸的,特别是并未注意冒先生背后诗友的唱和之作,只能说该文推动我们搜集材料、深入分析,为得出重大结论铺平了道路。

以上种种信息都表明,当年冒先生加入汪伪政府可能是有莫大的隐情的。而这种隐情的核心是,他既不是汪伪的人,更不是日本人的人。

编辑二组又发现在1942年底,钱先生有《叔子来晤却寄》一诗,当时曾公开发表,但《槐聚诗存》未收,令人颇为费解。先读全诗:

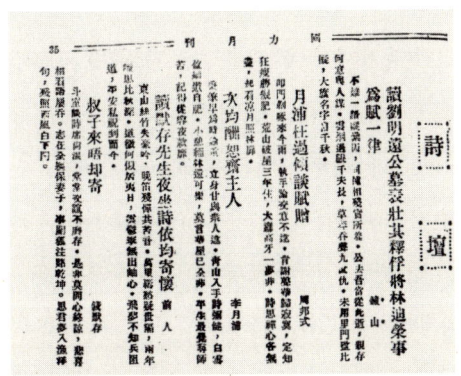

斗室谈诗席尚温,堂堂交谊不磨存。
是非莫问心终谅,悲喜相看语屡吞。
志在全躯保妻子,事关孤注赌乾坤。
思君梦入渔洋句,残照西风白下门。

——《国力月刊》民国三十一年(1942年)十二月二十日

诗中所列诸语使我们顿开茅塞，"席尚温""不磨存""心终谅""语屡吞""保妻子""赌乾坤"，这些语句精确记载了作者的含混态度，这18个字可以说除当事人不能理解，同时也完全证实了钱锺书曾深入参与此事，连障眼原则"保妻子"都设计到了。

这应是冒先生在拜访钱先生后，延续了过往的一切讨论，制订了他们共同认可的最后方案。跟着便有了钱先生这首最为重要的寄赠诗。这次会面，二人到底所谈何事，结果又如何，今已无法彻底知晓。今天再追究这种细节，不应是我们作为研究者的工作，而是为文学家留下的难题。从诗本身内容看，一定是谈及写成上诗的风险及避险方法，以及有关的各个方面。

钱、冒二位先生在门第背景、家庭环境、求学经历、心性情怀等方面多有相似之处，他们都具有远大崇高之理想。我们深知，他们深交并非偶然，名和利都不会是理由。

两位先生有太多相同，似乎只有一点不同，即事业有不同的着眼点：钱先生是一位作家学者，而冒先生是一位政治活动家。冒先生在职业生涯中，诗狂人不狂，行事更周密谨慎、分寸适度；而钱先生在自己的学术人生中，亦是精确阅读、缜密搜罗、全面研判、立论隽永。他们二位在生活中的这点小小差异，构成惊险紧张的情节。因为一位台前，一位幕后；一位演员，一位导演。却因职务不同，分别取得自身清白和性情一台戏，不仅是好与坏，更是生与死。目标的实现、理想的践行，也关联一生。

通过钱先生的诗，可以肯定，冒先生是一位置身于汪伪内部的特殊人物，仅一个"行政院参事"就让人震惊，加上"督察专员"则分量更重。虽然直观上不是最大"汉奸"，也算得上是不折不扣的大"汉奸"了。可以料想，这都应该是政治上的安排，非钱、冒二公能够改变得了的。

钱先生《叔子来晤却寄》一诗，是"浅谈"之后"却寄"的。这里需要再次说明，钱先生做事，特别是做重要决策时的习惯手段，会通过写诗为文，字斟句酌。当他再将诗文发出时，一要表示内容重要，不可忘，立字为据；二要你的"不否认"和"再确定"。因此这首诗，可以说是性命攸关的要件。钱先生在一生的重要关头，往往都是这样做的。

钱先生明白，第一层，他冒效鲁，出身皇族，正统的"八旗子弟"；第二层，他从苏联归来，必有不平凡的观念和应用，会受到明显影响和约束；第三层，从抗战取得胜利之时，日本已投降，涉日涉伪之人员也将向中国军队和政府投降，并接受审判，"不放掉一个"的国民政府并未对冒先生父子进行勘别审查，显然他们也是心知肚明的；第四层，据巫宁坤《教授原来是草包》的文章，以及对陈毅的详细记载，都证明党和国家对于冒先生的事记忆犹新，永不忘怀；第五层，汪伪政府对此一无所知；第六层，日军对此一无所知；第七层，伪满洲国对此一无所知。设想，如果第五层、第六层、第七层一旦有所风闻，那么冒先生早已性命堪忧了。大云雾中，为国为民，如穿针眼、走刀尖之险境，少不了正确行动，更不能缺失谋划。从冒先生后面的选择来看,当初的"孤注"是正确的。钱先生以"作家学者"身份也起到了无可替代的作用,肯定是一位"孤注"的推动者。他们都是国共两党合作的见证人和参与者。

钱先生的知识、智慧和勇断的决心,在《叔子来晤却寄》一诗中得以全面证明。应该肯定钱先生的主导作用,无须用更多的资料证明。他能帮助朋友厘清七层关系,谁该在哪个时间清楚什么,不能清楚什么,逐渐清楚的应该是什么,钱先生都会及时知道,并作出建议和设计的。

(六)激流抉择

据冒效鲁先生之女冒怀科在《一代学人冒效鲁》中回忆,"1949年前父亲一度失业,钱伯伯给予资助,送来一两黄金"。按今日金价,可折上万元。随后上海解放,"胡绳通过沈志远邀请他(冒效鲁)到国家编译局工作。"冒怀滨也曾回忆:"陈毅很欣赏我父亲,中华人民共和国成立后还曾想把父亲调到他身边工作。"面对这两位的邀请,冒先生最终选择了去复旦大学任教,1958年又去安徽大学支教。冒先生的选择,应该也有受钱先生影响的成分。《槐聚诗存》中,20世纪50年代,只存留《答叔子》两首:

> 京华憔悴望还山,未办平生白木镵。
> 病马漫劳追十驾,沉舟犹恐触千帆。

文章误尽心空呕,舗餟勤来口不缄。

经倒厚颜叨薄俸,庐陵米与赵州衫。

同调同时托胜流,全韬英气被清愁。

座中变色休谈虎,众里呼名且应牛。

惯看浮云知世事,懒从今雨数交游。

宋王位业言犹在,赢得华年尚黑头。

"白木钁"的字面意思是白木长柄的农具,源自杜甫《乾元中寓居同谷县作歌》(其二):"长钁长钁白木柄,我生托子以为命。"当时正值安史之乱,杜甫弃官去甘肃农居,这是杜甫人生中最艰苦的阶段。而这正说明钱先生是主张冒先生更适合相对平静的从教生活,这是出于对冒先生的专长和性格的了解而给出的最客观建议。据我推测,陈毅市长去拜访冒先生父子,当为20世纪50年代初,或者那时之后,效鲁先生逐渐有了从政的想法,但钱先生力阻,并出重金资助,建议他可从事教育工作。有了这样的行动,方才有了1957年的冒氏父子举家赴京,得以被器重。而胡绳同志是否按指令办事,没有记录可证,仅可证钱先生确有"知世事"的眼光。不久,效鲁先生又自愿请赴安徽大学支教,奠定了他一生"庐陵米与赵州衫""惯看浮云知世事"的基调,也未必不然。

20世纪50年代，冒广生与三房子孙合影，
一排左二为冒广生，一排右一为冒效鲁

1960年春节，冒效鲁（后排左二）、贺翘华夫妇和长子怀滨、
次子怀功、三子怀谷、四子怀康、大女儿怀科、小女儿怀管
全家合影于安徽大学

（七）赤诚之心

钱先生在和自己无关的事件中，表现得真犹如一位没有名分的教授国师。对于冒效鲁先生的七层云雾所遮的局面，我们今天怎样说明真相，也是有可能失真的。故只能以钱先生自己

的话"刀光剑影"来概括,最精准。

钱先生对诗友冒先生还不止于此,那首《叔子来晤却寄》有两件事的做法,更属于故事性极强的隐喻操作。一是他在1942年12月的《国力月刊》上公开发表该诗,绝非是有意引火烧身,更不会是为洗清"汉奸"身份的预设,也不可能是自我表现。放置迷雾以转移视线,坚定冒先生的信念,应算得上一个理由。我认为更大的意义当看作是冒先生行动的一个组成部分。其实,最直接的目标即是对于行动人员的通风报信和联络手段。种种设想,是后来人的专权。而当时的风险,则是不言而喻的,危险如果是不可预估的,则危险性更高。

其间我不明白的是钱先生另一项决定。即他并未将此诗收入他的诗集《槐聚诗存》。我想,最好的回答,有如他常说自己的"只乐于读书"。他在美国国会图书馆时这样说,拒绝做英国女王的陪客时这样说,1948年不留在台北,而求返回上海,也为的是"读书"。病床临终前半年,最后他对我的话还是"再请你借书"。

翻看冒先生的《叔子诗稿》,1942—1944年的诗作,不涉及当年时政,1945年诗作空白。他们心相印、心并举。他们都表明对全新中国一无所求的赤诚之心,他们的一生只有贡献。

1988年,效鲁先生与世长辞,钱先生失去了一位终生挚友。钱先生给冒家人的信说:"病院中骇悉叔子噩耗。去夏一晤,永隔人天。追思平生交谊,不胜悲怆。未克赴吊,更深疚歉。"读来令人动容感伤。从此再无诗书来报平安,也无故人相唱和,更不会再有诗歌来慰藉。当然，再也不必进行计谋假面的设计，空留下无限哀思。挚交素友长兄早生一年来世等，大弟晚来十年撒手人寰。大业早成，绝不言功矣。故情未解携存诗，奇美诗话妙喻乐煞人。

（八）总记深情

钱先生对冒先生五十年深情厚谊和精确的协助，令人感动，让我震惊。再翻阅钱先生诗中记述的这位珍重一生的友人，就一字一句写得明明白白。这样的人生，妙绝一世，钱先生是一位永需仰视的大人。钱先生常说的一句话："一个人强大有力量，不在百分之百，不可能那么多，只有一分足够。"好在《得孝鲁书却寄》一诗又恰恰未收入他自己选定的《槐聚诗存》，连诗带文不到一千字，我认为这就是一部难得的优秀长句歌诗，

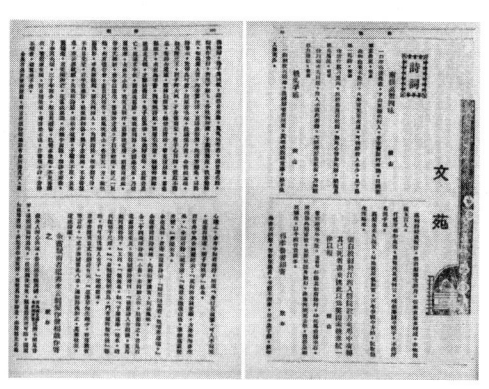

钱锺书《得孝鲁书却寄》

值得我们永志不忘。

得书苦语短，寄书恨路长，争似不须书，日夕与子将。
前年携妇归，得子为同航，翩然肯来顾，英气挹有芒。
谓曾识名姓，睹我作旁行。对坐甲板上，各吐胸所藏。
子囊浩无底，我亦勉倾筐。相与为大言，海若惊汪洋。
哀时忽捫膺，此波看变桑。寻出诗卷示，鸷悍乌可当。
散原若映庵，批识烂丹黄。命我缀其后，如名附三王。
别子何太夙，子身落南荒。有子心目间，从兹不能忘。
寄诗勿遗远，笔辣似蘸姜。缘情出旨语，譬姜渍以糖。
耆旧都敛手，未老与争苍。独秀无诗敌，同声引我伧。
张号齐于韩，坡谓走且僵，才难姑备位，免子弦孤张。
隔岁归复晤，追欢若追亡。流连文字饮，谐谑抵鄱阳。
哂我旧刊诗，少游是女郎。乃引婵娟来，女弟比小仓。
我笑且骇汗，逊谢说荒唐。稍复商出处，憎命文相妨。
舍命以谋生，吾妇语悲凉。子曰食蛤蜊，沃之一巨觞。
南皮忆昔会，当日只寻常。秋风吹我去，各看天一方。
载愁而携影，来此涠阴乡，弥天四海人，一角闭山房。
惟幸亲可侍，不负日堂堂。君平岂弃世，被弃如剑伤。
赖子念幽独，不吝寄篇章。亦云寡欢绪，失我枯诗肠。
浪仙井欲废，子瞻泉不汪。袁先惊溘逝，言笑隔渺茫。
花落成恶谶，并无半面妆。推排老辈尽，子亦万夫望。
三十年匪少，斯言黄潩尝。已觉多后起，不见吾侪狂。

云龙虚有愿，何日随颉颃。寄书恐不达，作书恨不详。

安得不须书，羽翼飞子傍。

余与君遇于欧洲归舶。君言在俄时睹杂志有余所为英文，遂心识之。余舟中和君论诗，所谓"舟行苦寂寥，可人不期至。东涂西抹者，惭子知姓字"是也。

君有舟中与余谈两绝云："莫向沧波谈世事，方忧此海亦生桑。"余题君诗二绝有谓："气潜足继后山后，笔韧堪并双井双。"非溢美耳。

余在昆明，君寄示《还家》诗云："妇靥犹堪看，儿啼那忍嗔？"余复书谓君诗甚辣，此则似蜜渍姜，别是风味。

余二十四岁印诗集一小册，多绮靡之作，壮而悔之。君见石遗翁诗话采及，笑引诚斋语谓曰："被渠谱入旁观录，五马如何挽得回？"又曰："无伤也。如'干卿底事一池水，送我深情千尺潭''身无羽翼惭飞鸟，门有关防怯吠獢'等语，尚可见悦妇人女子。"遂相戏弄。

君来书附《哭袁丈伯夔》诗有云："忍事早知生趣少，吞声犹有罪言存。"丈去春赋落花八章，遍徵诗流和之。英尽枝空，遂成诗谶。

（九）艺术凝固

七十余年来，随着小说《围城》风靡全球，书中的大小人物均成了谈资。也有不少人研究《围城》中人物的原型。其中比较热门的是"'董斜川'的原型为冒效鲁先生"一说。

对这一观点,杨绛先生在《记钱锺书与〈围城〉》一文中说得比较隐晦:"有两个不甚重要的人物有真人的影子,作者信手拈来,未加融化,因此那两位相识都'对号入座'了。一位满不在乎,另一位听说很生气。钟书夸张了董斜川的一个方面,未及其他。但董斜川的谈吐和诗句,并没有一言半语抄袭了现成,全都是捏造的。"

吴宓先生曾在1946年8月3日的日记中写道:"旧诗人董斜川,则指冒广生之次子冒景璠,钟书欧游同归,且曾唱和甚密者也。"

20世纪50年代,钱先生在致冒先生的信中是认可的:"增椒先生言其夫人读《围城》,谓董斜川即兄化身。目光炯炯如岩下电,可畏可佩之至。"然而钱先生在致苏渊雷先生的信中则是半认的:"冒公子硬认为书中斜川,此不知《文子》所谓'镜不设形而物无遁形',非弟之有心描画也。"

《围城》中提到"董斜川"一共53次。"董斜川"名字是何由来?卞孝萱先生有一篇名为《钱锺书冒效鲁诗案——兼论〈围城〉人物董斜川及其他》的文章。卞先生在文中分析,如皋冒氏,祖上明末冒襄(字辟疆),有爱姬董小宛,这是"以董影冒";苏轼第三子苏过,字叔党,号斜川,冒效鲁为冒广生第三子,号叔子。以"斜川"影"效鲁"。

现将《围城》中对董斜川的描写摘理出来:

一个气概飞扬,鼻子直而高,侧望像脸上斜搁了一张梯,颈下打的领结饱满齐整得使鸿渐绝望地企羡。(《围城》第99页)

另一位叫董斜川,原任捷克中国公使馆军事参赞,内调回国,尚未到部,善做旧诗,是个大才子。(同上第99页)

董斜川的父亲董沂孙是个老名士,虽在民国做官,而不忘前清。

董斜川道:"我做的诗,路数跟家严不同。家严年轻时候的诗取径没有我现在这样高。他到如今还不脱黄仲则、龚定盦那些乾嘉人习气,我一开笔就做的同光体。"(同上第101页)

辛楣道:"今天本来也请董太太,董先生说她有事不能来。董太太是美人,一笔好中国画,跟我们这位斜川兄真是珠联璧合。"(同上第103页)

斜川客观地批判说:"内人长得相当漂亮,画也颇有家法。她画的《斜阳萧寺图》,在很多老辈的诗集里见得到题咏。她跟我逛龙树寺,回家就画这个手卷,我老太爷题两首七绝,有两句最好:'贞元朝士今谁在,无限僧寮旧夕阳!'的确,老辈一天少似一天,人才好像每况愈下,'不须上溯康乾世,回首同光已惘然!'"说时摇头慨叹。

方鸿渐闻所未闻,甚感兴味,只奇怪这样一个英年洋派的人,何以口气活像遗少,也许是学同光体诗的缘故。(同上第103页)

斜川才气甚好,跟着老子做旧诗。中国是出儒将的国家,不比法国有一两个提得起笔的将军,就要请进国家学院去高供着。斜川的将略跟一般儒将相去无几,而他的诗即使不是儒将做的,也算得好了。文能穷人,所以他官运不好,这对于士兵,倒未始非福。他做军事参赞,不去讲武,倒批评上司和同事们文理不通,因此内调。他回国不多几天,想另谋个事。(同上第101页)

对董斜川传神的刻画,以至于钱、冒身边的近友一眼便能辨认出来。从名字、家世、经历、学识等,不是简单的照描,而是借鉴塑造,经过文学艺术洗礼,最终处于"像与不像"之间。钱先生"得意",冒先生也"得意"。得意的不仅是亲密挚友间的游戏编排,更是得意巧妙的创作笔法,出神入化。所以杨绛先生所说"一位满不在乎",一定是他——冒公子。

在那条船上,两位诗歌狂人,一位28岁性"痴",一位29岁性"直"。他们相见、相识、相交五十载,成为了一生的契友、兄弟、伙伴,同时代的师友都称其为"二妙""二俊""二狂""二颠""双雄",这绝非无稽之谈。他们为后人留下悠悠说不尽的旷世情谊,在中国诗坛虽不是"绝唱",可倒也"同诗喜痴狂,文武不同道"。

七、铭心刻骨却短暂的诤友

20世纪80年代,乔大壮先生之女乔无疆整理父亲遗作,曾致信给钱锺书先生,希望钱先生能为之写序。钱先生回信婉言推拒,认为自己"匪所敢任",他又认为"当世名流,无堪借重者""何假官样文章为增声价",又"秘藏自吝,奇货可居耳",遗憾未能为好友为序。

乔先生是一位特立独行的学者,民国时蜚声文坛,如今已鲜为人知。大概是因为他仅在56岁之际,便自己结束了生命。

乔大壮(1892—1948),名曾劬,字大壮,亦字壮夫,以字行,号波外居士。四川华阳(今双流县)人,生于北京。入京师大学堂,毕业于北京译学馆。曾至南昌任周恩来秘书,后任中央大学艺术系教授,历任重庆中央大学师范学院词学教授、国民政府经济部秘书、军训部参议、监察院参事、台湾大学中文系教授。

乔大壮先生像

唐圭璋先生在《回忆词坛飞将乔大壮》一文中赞其："工六朝文、晚唐诗""书法、篆刻亦无一不工""鲁迅曾请其书联，徐悲鸿曾请其教篆刻""词作精妙，书写秀逸，印章奇劲，一时称为'三绝'。"

1948年3月18日，钱先生以"国立中央图书馆英文总纂"身份，应当时教育部部长朱家骅邀请，参加文化代表团，一行二十余人赴台湾参加"文物展"并且进行学术访问。钱先生台湾之行的细节，如今存留资料不多，但有钱先生到台大与乔先生见面的报道。当时乔先生因许寿裳先生去世，刚刚继任台大中文系主任。

乔先生年长钱先生18岁，他声名鹊起时，钱先生尚在英国留学。钱先生可能早通过友人徐森玉了解过这位学人前辈，遂由参会人员李宗侗先生引荐，一起登门拜访。想必那次会面给钱先生留下的印象深刻，于是特别作了一些记录。

乔先生一生坎坷。日军侵华期间，妻子离世、儿女四散；抗战胜利后，因为支持学生运动被迫害，不得已离开中央大学；1947年，接受许寿裳先生之邀赴台大中文系任教；1948年2月18日，许先生被刺身亡，论定为"盗窃纠纷"，就此翻篇。相对于之前种种打击，亦师亦友的许寿裳遇害离世，对乔先生更是雪上加霜。钱先生3月来访时，他似乎刚收拾好崩溃的心情，结束了绝食。此次会面，钱先生当时即有诗相赠：

赠乔大壮先生

一楼波外许抠衣，适野宁关吾道非。
春水方生宜欲去，青天难上苦思归。
耽吟应惜拈髭断，得酒何求食肉飞。
着处行窝且安隐，传经心事本相违。
（注：先生思归蜀，美髯善饮。）

——《槐聚诗存》

这首诗表达了钱先生的敬意以及对乔先生痛苦即"吾道非""宜欲去"和"苦思归"诸事的理解和劝慰，特别是末句"传经心事本相违"指出了问题的关键。其中用典饶有趣味，当日席间众人必是青梅煮酒，开怀畅谈，暂时消解了乔先生心中的阴霾。

钱先生 4 月中旬之后返回上海，乔先生大约于一个月后也到访大陆。根据郑振铎的日记，5 月 29 日在上海李宗侗宅曾有一次午餐聚会，参与者有"乔大壮、马慕轩、默存、起潜等"，这或许是钱、乔两位先生的再次见面，但似乎没有二人单见的细节。

然而随后乔先生辗转于南京、上海等地谋职并访友。有人认为，乔先生可能是在向亲友们告别。也许其中还有一丝丝不舍、一点点期盼，期盼能寻捕到让生命继续下去的一份牵挂。

据乔无疆《先父乔大壮先生传略》和台静农《记波外翁》所记，乔先生 7 月 2 日回到上海，与女儿通宵长谈；3 日上午拜访了好友徐森玉，晤言甚欢；午后趁家人不备，直去苏州，当晚便自沉于苏州平门外梅村桥下。没有材料记录他去苏州的具体原因。

乔先生自沉前六日，从南京给钱先生寄出了《次韵答默存见贻之作》诗，对钱先生打一个招呼，或是期盼相见，如不得见面则以示最后告别。

> 次韵答默存见贻之作
> 客舍银灯照桁衣，远游芙苤是邪非。
> 世传豪士吴中赋，风送轻装海上归。
> 独立千人元小异，摩天六翮许低飞。
> 欲从石室纫书去，白首相望事恐违。
>
> ——《乔大壮集》

乔先生的诗

诗中，乔先生对于两位的"白首相望"之约，表示自己恐不能履行承诺了，但他尚未放弃最后的希望。

据杨绛先生《我们仨》记载，当时，钱先生祖父百岁冥寿，钱先生离上海经苏州携全家曾回过无锡。

钱先生是否及时收到了告别信？乔先生到苏州是否还有寻钱先生见面之意？如果两位先生能有新的会面，结局是否会有所不同呢？钱先生洞察世态人情，而又侠肝义胆，我坚信钱先生遇到此种事情，一定不会袖手旁观的，因为乔大壮是他忘年的知心朋友。如乔先生能见到钱先生，先生的睿智聪慧，必能对此有一番化解，"白首相望"或许可以成真。可惜，造化弄人，两位先生真是痛失交臂了。

钱先生后来曾对身边友人云："回上海，几月内，有诗赠答，他说'白首恐违',不几日竟'沉水'。"先生叹曰:"去了,也好。"1948年,诗人和文艺家面对风云涌动、变幻莫测、前途未卜的局面,都面临着不同的境遇和抉择,时间紧迫,压力山大。乔先生既在绝望中无奈,又在彷徨中无适。通过前引钱先生赠诗,我们已经明确了"苦思归"的大方向,正与钱先生赴台而急于返回上海不同,乔先生只想"食肉飞"而"本相违"而已。这一叹,道尽了乱世中有政治倾向的文人本可以选择的无奈之途。乔先生忽然洞察了钱先生几乎透明的理想和方向,他非常敬慕年轻的钱锺书对时局走向和自己前程的把握。但乔先生一定是经历了反复的思索,才决定返回上海、苏州和无锡,也许就是一个或几个偶然的因素,他没有彻底走到那个已由钱先生所认定,并向他正式指明的大道。痛惜哉!

钱先生晚年整理《槐聚诗存》,精而又精,选之又选,留存了《赠乔大壮先生》一诗,绝非偶然:这是证明先生为他惋惜的原因,是对这位通心友人的怀念和铭记,更是他没能用自己对未来的信心扑灭一场悲剧的痛愧。

后来,乔无疆女士整理完成了《乔大壮集》,理应由"系铃人解铃"——写一篇文章正式为陨落的大壮先生、为脆弱的生命壮行。但是,多年前钱先生明白的诸多因由,并不是对乔先生本人的谢绝,而是钱先生想到那些"不厌"的"回忆剧"和"为增身价"的"官样文章",会"自惭敬谢"。总之,钱先生对于那种肤浅的、举他人酒杯浇自家块垒的聚集,必然是需要趋而避之的。

八、侍读札记

钱先生读书的数量,以天文数字计。直接和他相关的书也多,选一些他自己写的、有代表性或曾费力尽心的,甚至被埋没、否定的书出来,倒是紧要的一件事。我在钱先生身边"侍读"三十五年多,一直有连续记录的打算,无奈环境多变,"抄家"三次,片瓦不存。幸好我早已学先生,心记为主,笔记简约,未成大灾。借书,可是我大有优势的项目。先说借书证在所内院内,我有两个可用;院外不下五六个,自负可以"四通八达"。当然,随着图书博物馆的私人化,违规遭罚,冷脸受尽。经常要做义务工,上架插书、打扫尘土。最让人头痛的是得请钱先生"御驾亲征",以防小的"假传圣旨",进行道德质量的审查。当然,钱先生也会在文学所"赶集日"去图书馆看看，那跑上跑下、开灯搬梯关注安全的事全由我负责。同时还得张大耳目，听先生口中说，看先生手中书，记下无数新知识。同事都说"光线不好，能猜到是你""只有你知钱锺书的心"之类的话，但那都是过眼云、耳旁风，不可能当真。

钱先生的借书单，受尽冷脸换来的是炙手热货。先生的书一经借到，那些随意写在旧稿背面的书单，瞬间就成了抢手货，甚至惹起纠纷。如果有指明借书地点，或带提要，那书单迷人的秀美，在"文化冬季"，真可以说是光彩照人，但当作劳动的酬劳，很难留住。过往多年，他们反过来向我炫耀。当然许多书单都是从电话听来，随手记下的，往往被误认，甚至还需我来鉴证。

图书借还手续严格，只说要先生签名一项，就得按规定一本两签。而一种书又有多函、多册、多本，得一片片来，招得管理大员常说："你干脆把图书馆全借走算了。"平心而论，文学所很照顾钱先生，只要我拿得动，借多少本都可以。记得有一次领导发现我用自焊的推车给钱先生借书，太猖狂，好在是仅在院内，手续完整，很容易顺水息怒。先生很少用善本书，因需他亲自签名。在他需要时，便让我就地查抄而不再外借。钱先生常严肃地说："不能要组织照顾太多。"也因此，他所借书主要还是普通线装书。有一次，一位新担任馆长的老干部跟我有交情，特别让我给他一次亲自送书的机会，我非常明白他的用心。于是乘便让他去钱先生家送善本。钱先生竟然当场查完奉还，没有留书，说："善本书按规定不可以出库，不像你可以到处乱跑做官。"再见时钱先生说我"远贷营私,曲线服务"。我知大错,永不再为。

　　说一句坦率的话,文学所的书,钱先生大多看过。再借,属于使用,范围更大。先生说:"你神通大,你有笔拿,孙悟空都不会。"是的,只要有我在,北大、清华、国图、首图和科学院图书馆以及院内的历史所、哲学所、近代史所,我都可以替他借到书。借回的书,先生夸奖科学院图书馆质量最好。但我认为他们借书的效率太低,半天才能借出一两本,限期也很短。对借书的事情,只能记下要点,主要是要防备查考,不能丢失有损。事实证明,我从未失误。

　　钱先生住院之后,我正在被间接"取保监控、限制自由"的时期。钱先生愁眉不展,一来为我蒙冤着急,二来是无书可看的委屈。我通过老同学关系,在特护病房里安上了卫星电视。人家不买账,杨先生陪他看也瞒不了他。看来只有借书一个办法。不消说每日必经过几层盘查,自己又上"黑名单",太困难了。于是冒充、夹带、"假穿衣"、说谎等无所不为,目的就是把书送到先生床头,然后再商议下次看什么。我简直是疯魔一般,不疲不气,不达目的不罢休。钱先生常说的话也改版为"谢谢,这个比打针吃饭重要"。两三年过去,我已从中国社会科学院离开,转移到西单,一切都算不上事,治病我没有用,只能借书而已。

　　时间流淌,细节往往反成重点,原来的要点似已无人再关心。深究起来,自己也笑,那原是我记录的"恶果"。

为方便读者了解和学习钱锺书的学术，我们把部分书作为一条捷径，算是一个全新的想法。先生围绕着这批书籍，日积月累留下了一些议论，有多有少；我有闻必录，不拘长短；适当搜集，既能正面映照，同时反衬钱师的先见之精准。希望这些断章记忆，可以生动地体现出先生的学术思想之花。

至于已经出版的钱先生自己的笔记，我是最早的读者，理应该稍作说明，因为是先生亲自借我的。先生自己认为读书当中能记住、已记住的内容，从来不往笔记本上写。记下的材料和论点，都是从所读书里抄录的。但不是有闻必录，而是想补充自己的有效记忆，故进行重复抄写。其中论点、材料、看法，在不断增改和阅读过程中，也可能会写在笔记里。今天读了，可以批一通，过些日子再读，可以再批二、批三，观点和结论都是漂流状态，笔记更不一定和未来的文章一致。

所以他两百余册笔记的应用研究，首先必须数字化，一般不必校对本书或他书。对影印本，需要等待机会，才能使诸如"开窗"的事态得以弥合平复。然后编妥索引，集中原书，方能进行恰当的研读和适当的推介。

（一）钱锺书和《管锥编》

《管锥编》正式出版之后，先生反而有些不高兴，唯一的原因是要补充和修正的内容很多，多到令人"厌倦"。后来在1982年的《管锥编再版识语》中，短短的几句话，竟堆积使用

"讹夺""校对之咎""原稿失检错漏""订谬""纠绳""雠定""勘改""扫叶""传讹""蔓草"等词句,把好端端的一篇序,简直画成了一幅凄凄惨惨的图画。我曾试着寻找原稿,可惜封锁得如铁桶一般,"高压电"不能碰,只能放弃。钱先生反来劝说,大多已从大脑里寻回,不必因小失大。

《管锥编》"题跋"信函照片

2022年3月4日补云:

完全是一个偶然时机,同事程广林(程麻)传来信函照片一幅。我颇为震惊,在钱锺书的"题跋"作品中,书道一流。正文复如下:

儒针学人我兄存政
误脱甚多,扫叶未尽。
不及订正,留供思适,一哂。
转赠
余凤高学友

王剑芬　87.8.11

以上全部共三十六字，可以说字字珠玑，价值连城。让我们先了解三位相关人物：

儒针：郑儒针，1921年生于香港，广东潮阳人。先后毕业于香港大学、牛津大学、哈佛大学。历任浙江师范学院外语系教授、北京师范大学外语系教授。曾参加《毛泽东选集》英译工作。

王剑芬：郑儒针先生夫人，木心外甥女。

余凤高：1932年生，浙江黄岩人。1954年毕业于浙江师范学院中文系。曾任杭州市第六中学教师，浙江省社会科学院文学研究所研究员。

这几位是文化界的大人物，特别对郑先生，只是听钱先生夸他想他，我从未谋面，但我知道和钱先生的"译事大项目"有关。外文和学识虽居于偏远，而时则近贤大能。具体到这则题款，已入"法帖"级之作。先生文才大略就是仅有几行几字，也是珍品。我们在此不忙析分艺术魅力，先只说它的内容。先生显然是在此赠送自己最珍贵的新出作品，开门见山，不是自唱谦逊，而是四个字"误脱甚多"，这既是道歉又是控诉，其中有委婉，也含有痛苦，更有恼怒。显然是作者彻底明白后的简约精准的记录，因此这份价值连城的文物精品，而在朋友面前展现的一个"脱"字，郑先生一定心知肚明。我们拿来，正好为几篇欲言又止的小序做一个生动贴切的注释。

在这种情况之下，我们应该再回头去读1981年的《管锥编》序："原书讹脱字句，无虑数百处""仍乞周君振甫，为我别裁焉""若再版可期"云云。先生几近哀求。又在1989年云"疏忽遗漏，必所难免"，又云"固所愿也，非敢望也"。1993年终曰："行逆水之舟，徒自苦耳，复自哂也。"让大家再来重读标为1972年8月，而实际为1977年写就的《管锥编》序全文："瞥观疏记，识小积多。学焉未能，老之已至！遂料简其较易理董者，锥指管窥，先成一辑。假吾岁月，尚欲赓扬。又于西方典籍，裨小有怀，绠短试汲，颇尝评泊考镜，原以西文属草，亦思写定，聊当外篇。敝帚之享，野芹之献，其资于用也，能如豕苓桔梗乎哉？或庶几比木屑竹头尔。"以下的文字，是正式出版前我亲见钱先生所加，现在我把下面的文字一字不漏地录出，读者必须知道明白，骗谁也不能用白纸黑字骗读者啊！

"命笔之时，数请益于周君振甫，小叩辄发大鸣，实归不负虚往，良朋嘉惠，并志简端。"昂扬之气，轻柔拂面；前瞻后顾，良朋嘉惠。当初的好心情，其实在次年年初，即1978年1月便灰飞烟灭。他说"初计此辑尚有论《全唐文》等书五种，而多病意倦，不能急就"。文字虽短，是情真意切的记录，又一次告诉每位读者，《管锥编》的作者经受了不为外人所知的、多年的痛苦折磨。原稿又不可查，只能冥思苦想，措辞温婉。钱先生向我说，无学无知、有眼无珠，都不可怕；最可恨是愚蠢，道德缺欠、无药可医。

苦中有乐更有得，先生在写下牢骚的小序几个月后（1978

年9月），参加由许涤新、丁伟志、夏鼐组成的代表团，出访意大利。中国学术界代表人物在阔别多年的国际学术舞台上，留下了深远影响。钱锺书以其学识和风度，挫破谣言、展现魅力。与会学者非常赞赏钱先生对中国文化提出的创见。先生带有方向性的决策便是：在尚未出版的《管锥编》中，用二分之一、两大册、近五十万字篇幅证明我国文化的一本书，即我们任何课本都遗漏的《全上古三代秦汉三国六朝文》。正如那位有远见的英国学者范登龙（Van der loon）希望与会者"千万不能忽略"的提示。但他会后又说应该对该书进行"增订工作"，恐怕是耳有所闻，心有所感吧。

钱先生说："他道出了要害，很好。但只'补充'太浮浅了，应该接受那书的内容、观点和方法。""《全唐诗》《全唐文》《全宋诗》《永乐大典》和这本书的作者严可均一脉相承。""咱们从干校回来，让你先上《永乐大典》，然后揭破《四库全书》真相，都是大方向上的大题目。"至于《全上古三代秦汉三国六朝文》一书的"直接举措"，一是钱先生1982年把他的手稿《宋诗纪事补正》教我继续；二是1984年，要我打通一项工程，即"中国古典数字工程"。引入计算机，抵得上千军万马。当一些学者或明或暗地指其为"碎片"时，他却白纸黑字地写道："岂知开拓万古之心胸！"幽愤之情，跃然笔端。正确的认识和果敢行动，钱先生还在等待，数百位钱、杨二老盼望的专集，精准完整的日历，庞大的人名网，活灵活现的历史地图，还有文献的图籍等，将在非商业化的土地上茁壮生长，直至起飞。

世人不用等多久，连绵七千年的宏伟文籍，便可以轻易走进一页不短、无一位作者缺席的古典庙堂。

1979年4月16日，钱锺书又参加了宦乡同志作为团长的"中国社会科学院代表团"，转道巴黎，于23日抵达纽黑文访问，开始了美国之行。他们先后到访哈佛大学、耶鲁大学、哥伦比亚大学、斯坦福大学、加利福尼亚大学、夏威夷大学以及美国国会国书馆，如沐春风。

欧美学术界由此而掀起了一股中国文化旋风。钱锺书用自己超凡学识和自信风度展示了光荣中国，传递出中华崛起的信号。感佩满堂，可以称说东风劲吹了。

同年6月5日，杨绛先生参加梅益作为团长的"中国社会科学院代表团"赴法国访问。一位文学所长者曾在公开场合说："夫贵妻荣。"岂不知，事实应该完全相反，需改作"夫荣妻贵"。

1979年7月14日，《人民日报》报道中国社会科学院为以钱锺书为代表的八百多名科研人员和干部恢复名誉，并把"肃整"他们的个人材料全部销毁。我和钱先生一样，有幸在列。

以上陈述之事，均在1979年8月《管锥编》由中华书局出版之前。

至1984年，先生又为之引入先进工具计算机。"扫叶"统领众书生，顶风冒雨，为之奋斗三十余年至今，几近完成"中国古典数字工程"。回首观望，原定为基础文献的《宋诗纪事补正》与《管锥编》还有严可均《全上古三代秦汉三国六朝文》等如出一辙，终作为中国古代经典数字化的基石。一切可谓来源有序,承继有方啊。

《管锥编》的贡献以及成就,可以不写;但《管锥编》在钱先生学术道路上的地位,毋庸置疑。我偏偏要记下他的艰辛和苦难,以及所逢之不幸和愚昧。我一点也不想败坏兴致,只认为这是读者为读《管锥编》,不可不知的常识。但常识中还包括为什么"难读",怎样才能好读。

钱先生向我说过不止一次,"你可以向智慧和知识低头"(我说当然),"但也该学会向愚昧低头"(我说不)。"低头修学",难上加难。

(二) 钱锺书和《全上古三代秦汉三国六朝文》

如果读者认可钱锺书先生的文化思想集中在《管锥编》上,那么,作为论述的首席书籍当为《全上古三代秦汉三国六朝文》

[清] 严可均《全上古五代秦汉三国六朝文》

一书，约占全部的50%以上。我们查验了先生使用的四大册原书：1958年第一版，影印本，在繁盛的古籍整理事业中，它显然从未受到应有的关怀，即被蔑称的"冷书"。可一查新版权页，还真让人吃惊：1995年已印至第六次，影印本印数已达万册以上，利润已超数百万元。1998年的"出版说明"中先照例说，"有一定的参考价值"，同时又说存在"不少缺点"，只是未曾说明它在历史上的价值和作用。尽管出版者告诫，但读者不以为然，坚定地认为那书是《管锥编》的二分之一基础资料。出版者的"说明"，等于明言它并非一部学术上的"冷书"。这本书的商业奇象，可以说是《管锥编》造就的。

严可均，字景文，号铁桥。乾隆二十七年（1762年）生。嘉庆五年（1800年）举人。嘉庆十三年（1808年）诏设全唐文馆，以"越在草茅"弃招。与陈用光、黄式三、俞正燮、许瀚等同道。道光二十三年（1843年）卒。

该书的"出版说明"说，作者严可均因"全唐文馆"没有"邀请，心有不甘，于是花了二十七年的心力，独自另编一部书"，即本书。有理由和没理由自然不同，原因不同，目的自然不同。该书收有3497人，四巨册共746卷。以个人之力，存留了许多珍贵文献。项目的庞大，造成的缺欠确实很多。原稿十分混乱，又经人草率刊印，重加"错误层见叠出"。而正式出版条件困难，但不能整理，尚强于胡整乱理。至于"以免造成错误"，当然不成理由。而实际上从任何立场来说，"错误一定还是不可免的"。七年后再度重印，除增补索引和目录之外，未进行修订。

如果不是钱锺书精准地看到了中华文化的未来走向,严可均将不会再有这么多人关心他,为他不平;更不会有人扬言一定要沿着他所开辟、钱锺书所实践和期盼的"拾穗靡遗,扫叶都净"大道前行。

(三) 钱锺书和《宋诗选注》

钱锺书喜欢诗,读诗和作诗他都喜欢。可是他在文学研究所,要研究唐诗,用他自己的话说,"没座位,轮不上我","集体唐诗""个人宋诗","唐诗"是热门,"宋诗"是冷门,"我被分配研究宋诗","一箭双雕","我也甘心安静"。

钱先生的《宋诗选注》1956 年完成,1957 年草排试版,1958 年正式出版,全书十五万字。其间近四十年,单行本印数达二十万册以上,版次不下十次,电子版则不计其数。这本小书为我国的社科研究以及文学研究取得巨大的成就,树立了辉

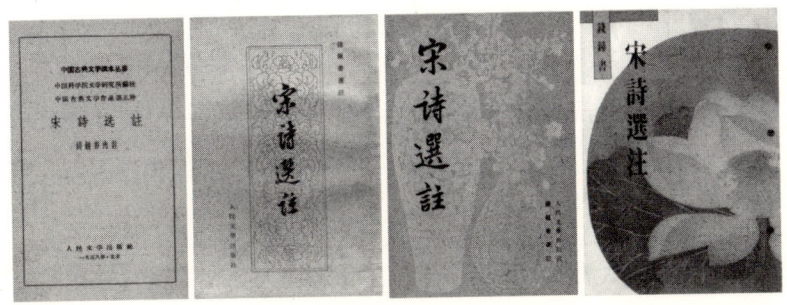

《宋诗选注》书影

煌的、不可逾越的榜样。1957年6月，他为该书所写的"序"，是当时最出色的古代文学研究论文。那时作者还没直言《宋诗选注》仅是一面"模糊的铜镜"（见1988年3月24日《人民日报》：钱锺书《模糊的铜镜》）；缘由只能等候机会，一旦客观环境合适，他便会和盘托出。这种预留意见的做法，是先生精细的设计，往往不可能为人所明见。当然，有些敏锐的读者可能会想到，那也仅仅是些猜想罢了。

和"铜镜"前后相对映的是"批判"事件，似乎具有因果性。由于本人未曾亲历，只能根据钱先生的口述来了解来龙去脉。按照钱先生本人陆续所言，《宋诗选注》这本书大体有以下几点，值得特别关注：其一，他毕生喜好"文"和"史"，偏好于"文"，还包括"外文——英法德文"；其二，到北京后，译《毛泽东选集》得心应手。其间犹得满足"读书之好"，但自知不能违心忘怀于文；其三，选择"宋诗"项目，乃由所好。又因当时境况只惜"红"（《红楼梦》）怜"白"（李白），热门烫手，自虽多有成果，但不可争宠，亦不想占据便宜的一席。"宋诗"原入位多人，苦力数载，求遗孤独，自落静谧。

1964年，我在安徽寿县的新华书店购得《宋诗选注》一册，反复读其序，认为那应该是教科书的内容。同舍一位领导曾好几次问我："北大毕业，为什么不顺手考研究生？"我们的住房没有窗户，更没有电灯。只能打开门，放光线进来，我把《宋诗选注》递给他，请他读"序"。他仔细读完，我才说："研究生能读到这些书吗？"我混淆了逻辑，并未被发现。他一翻完，立刻喊道:"快关门,冻死人了!"我俩对《宋诗选注》赞赏观点一致,同时又隐含着插科打诨。但那时,我们都没有悟出,钱锺书为古代文学研究"仙人指路""树立标杆"的巨大成就。时至今日,钱锺书上课本,自然,仍无端倪。

第二年冬,我提前返京,见到先生,我拿出那本已经读旧了的书,求钱先生签字,先生以为我买的旧书,签上了自己名字之后说:"你吸烟,不好。一边看书一边抽,更不好。"我戒掉烟之后,还会想起先生期待的目光。如果说钱先生一生著作本身的思想和艺术理想之外的其他目的,可以说,《围城》正与他去做家庭教师一样,不是在卖弄才学,更不是宅院遭闲。而是一个人人需要吃饭的"人道"。而《宋诗选注》的作者在全书完成之际,公开地在序里表达他下一步学术规划和走向。

《宋诗选注》出版以后,被内定为"学术白旗",批判后,即行停止,后来延续了较长一段时间。归结起来,问题只有一个,文学选本该如何定位?即选什么内容。有人主张选东,有人主张选西。俗话好有一比,一位说左,一位说右。道理各有,终无定理。水平不同,读者分明。

《宋诗纪事》是在《宋诗选注》的土壤上异峰突起的,它展露着钱锺书先生"开拓万古之心胸"的学术理想,开创了用他的学术实践,一步步地铺开自家为学的方法和目标。负责坦诚与科学精准,是先生略含隐喻所宣示的特色,绝无点染教训和规戒。亲者自明,信者终持,为者不懈,人著心典。

（四）钱锺书和《宋诗纪事》

时至今日，可能并没有人注意到在《宋诗选注》的序里，曾六次提到《宋诗纪事》这部书。应该说，先生出人意表地说："至于《宋诗纪事》呢，不用说是部渊博伟大的著作。有些书籍它没有采用到，有些书籍它采用得没有彻底，有些书籍它说采用了而其实只是不可靠的转引。"先以"渊博伟大"一词赞扬一本书，然后又概括出几条致命的缺点，在钱著中少有，或者正与《管锥编》中说的"以庞大认作伟大"相比类。下边先生又继续说"伟大"的毛病"有两点是该讲的"："第一，开错了书名"，"第二，删改原诗"，紧接着举出许多例证。然后又郑重言明相邻的"陆心源《宋诗纪事补遗》是部错误百出的书"。六七百字，字字相扣，把自己的宋诗研究和文学研究方向计划精妙而委婉地宣布出来，说来似乎简单，而实际上分量畸重。他要和所谓的传统、实际是虚无的方法划清界限。他对《宋诗纪事》的评价，特立独行，和以往的古代文学研究标准完全不同。

他非常重视大量历来不为人关注的"难得的材料"。先生说："有位大批评家说自己读了许多无用之书，倒也干了一件有用之事，值得人家感谢，因为他读过了这些东西就免得别人再费力去读。""没有他们的著作，我们的研究就要困难得多。不说别的，他们至少开出了一张宋代诗人的详细名单，指示了无数探讨的线索，这就省掉我们不少心力，值得我们深深感谢。"这样的研究者，稀世少见。他不成功，谁能成功？

钱先生毕生读书，但不收藏图书。他家存之最久、读之最长的便是《宋诗纪事》这本书。20世纪40年代，他在上海自购得商务印书馆版、有十四册的万有文库本《宋诗纪事》，总计一百卷。从那之后四十年间，读之不尽，批语不绝，那真有如自家庭院中的精耕自留地。从上海带到北京，从城内到清华，从中关村到北大，再从东四头条到干面胡同，又由师范大学、学部大院到三里河南沙沟，其间一直随身携带，这本书犹如笔记本电脑，兼有书籍文本和笔记本的双重功能。

钱锺书在《石语》当中，记载陈衍老先生曾告曰："余作《元诗纪事》，煞费经营，以材料少，搜集匪易，不比樊榭《宋诗纪事》之俯拾即是也。"钟书问曰："有陈田者，作《明诗纪事》，极为渰雅，不知何人？"我猜想钱先生是从20世纪40年代始，依照师嘱，每日批读《宋诗纪事》不辍。钱先生言简意赅，足证学术亦应传承有序也。

至1982年，钱先生初任中国社会科学院副院长。他认为应该有两手准备，或许能有继续从事学术的可能性。一方面接受学术行政的事，另一方面又要积极推进学术研究工作。他确认了《全宋诗》编辑的可能性和必要性。而当时我又按期完成了《永乐大典索引》，所以他立即将他珍爱、写满了批语的《宋诗纪事》一书郑重赠我，同时让我先行誊出初稿，再给由他深入加工。

我特别高兴的是，终于得到了钱先生亲批的一部书，得到

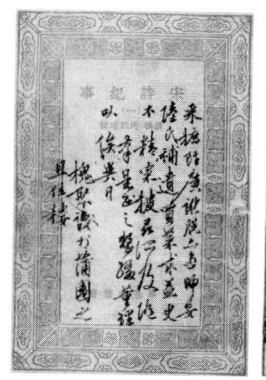

钱锺书《宋诗纪事》批注

了可以直接参与钱先生学术研究的机会。钱先生在赠书的扉页上的软笔书法特别珍贵，尤其是作为一部正式完整的学术笔记，意义非凡："采摭虽广，讹脱亦多。归安陆氏补遗，买菜求益更不精审。披寻所及随笔是正之。整编董理以俟异日。槐聚识于蒲园之且住楼。"钱锺书除中间插入陆心源《补遗》一语之外，均言者为《宋诗纪事》，可见此书计划早在上海"且住楼"时期已内定。钱先生还规定，要继续把此书当作笔记，要我跟着往下"记"。因此后来有人要影印此书时，自以为是，未曾下问，导致我"冒名顶替"的不实谎言流传。

（五）钱锺书和《宋诗纪事续补》

1987年，北京大学出版社配合《全宋诗》的编辑工作，出版了孔凡礼辑撰的《宋诗纪事续补》一书。这使得我们不得不再次提到陆心源所著的《宋诗纪事补遗》一书。我还记得，先生在《宋诗选注》序里已经提到此书，并且作出了相当精准的结论："《宋诗纪事补遗》是部错误百出的书。"

钱先生在阅读《宋诗纪事续补》全书时，曾作出一些评论，现选刊一部分，除批语外，先生还有多处折角，显然钱先生是让我深入查检。我将钱先生的一些批语拍照后录出，同时把先生查检的内容抄下，供读者深入考订。

该书1987年由北京大学出版社以"全宋诗研究资料丛刊"系列出版发行。

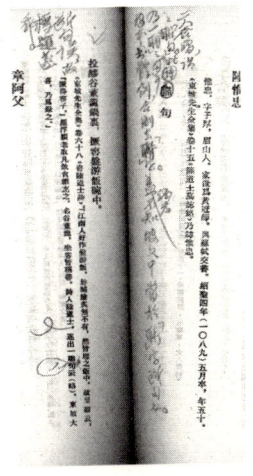

钱锺书批语一：
二人合唱，谓之"联句"。此乃一"联"之句耳。按本书体例，合删去"联"字。盖编者不知坡文中当于"联"字断句也。断句误，故标题遂乖。（第164-165页）

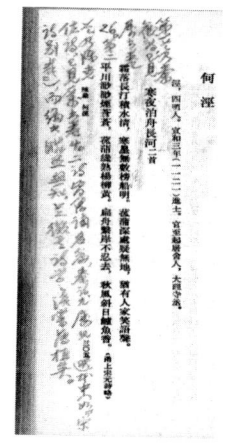

钱锺书批语二：
第一首乃秦观诗，已见原书卷二十六。第二首乃陈尧佐诗，已见原书卷四。二诗皆传诵名篇，秦诗尤屡见。选本中（如《宋诗别裁》）而编者蒙然无知，足征其诗学之浅尝薄植矣。（第305页）

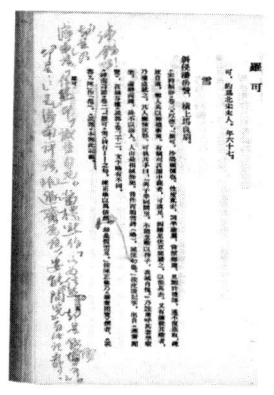

钱锺书批语三：
读错了！"却是"乃濬南语，"信然"即"诚佳句也"当标点作"……以为信然。却是假雪耳。""却是……"是濬南评语，非遯斋原语，安能"闲览"有此记载？（第335页）

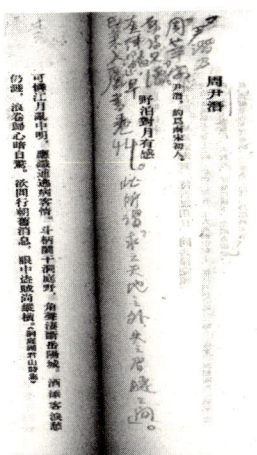

钱锺书批语四：
尹潜乃周莘字，原诗见《瀛奎律髓》，早已采进原书卷四十四。此所谓"求之天地之外，失之眉睫之间"。（第378页）

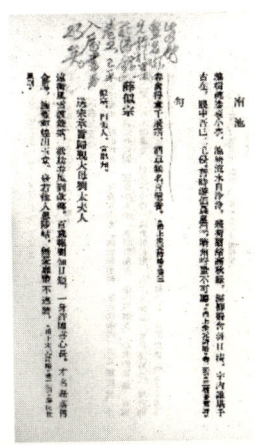

钱锺书批语五：
此乃舒亶名句，见称于《墨庄漫录》卷二，已采入原书卷23矣。（第614页）

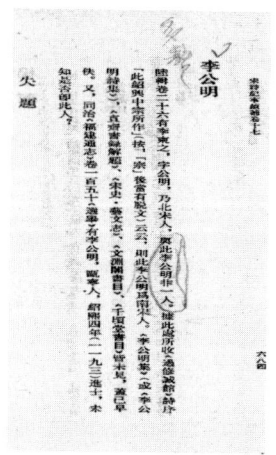

钱锺书批语六：
多赘："与此李公明非一人。"（第684页）

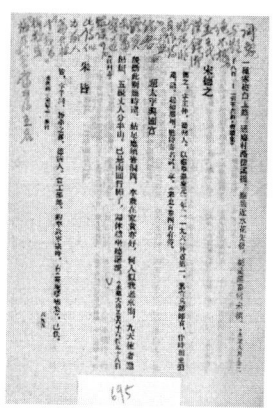

钱锺书批语七：
词意与题绝不称。盖王氏谨录"御赐诗"非自作诗也。《大典》编者鹘突未审察，遂贻误耳。此诗似为前人篇什，检《千家诗》梅类或"梅花"等，当可得主名。（第695页）
按：此题当涉第694页之《经筵彻章御赐诗卷》，漏拍。

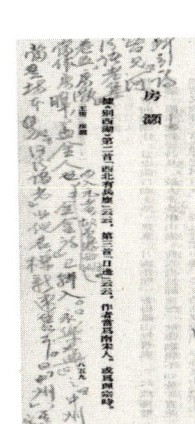

钱锺书批语八：
全书唯此首跳出。（第841页）

钱锺书批语九：
所引诗皆见《河汾诸老集》卷五。房灏当作房暤。盖金人而入元者，故曾游西湖。《全金诗》已辑入。《永乐大典》之《中州元气》当是坊本加《河汾诸老》以他名，标新速售耳。曰"中州"其非"南宋人"可知。（孔氏说谬）（第859页）

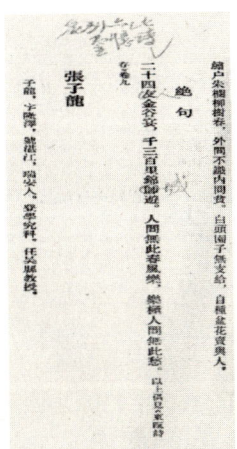

钱锺书批语十：
此诗亦忆别有主名。（第915页）
按：先生所忆，均可中的。经查，此诗应为宋代葛秋崖作，见《东瓯诗存》卷九。钱师云"友"作"人"；"师"作"城"，当从。

先生在该书上勾出了《永乐大典》的相关条目，但统一未标明页码。由于《永乐大典》篇卷极其繁杂，如果当时查出而不对页码作记载，就会造成严重的错漏。可证"作者"手头一定有方便完全的手抄本对照，又自以为是地认为"不标页码"反能掩饰尚未出版的"大典索引"。与此相关的两本相关的大类书：已出版的《诗渊》，作者标了页码，未出版《永乐大典索引》反而一律未标。下面为条目表（括号内为钱先生亲自标注的使用次数）：

540,823,896,899（2）,2218,2261,2262（2）,2264（6）,2344,2405,2535,2538,2540,2603,2808（2）,2809（2）,3581（2）,5769（3）,6698,6699（3）,6838,7236,7237（2）,7239,7329,7891（4）,7892,7894,7895（3）,8647（2）,9765,10999,11313,11980,12072（3）,13344（2）,13450,14380（3）,14576,20354（2）,22563（孔凡礼云："上引《永乐大典》，已佚。"）

钱先生标出的明确错字，列举如下：

一、五页"侍直仍欣步入甄"，"人"应作"八"。

二、六四四页"《止齐先生文集》"，"齐"应作"斋"。

三、八〇四页"上有八方书"，"方"应作"分"。

四、"二十四友金谷宴，千三百里锦师游"，"友"应作"人"，"师"应作"城"。

除此之外，钱先生还有大量的笔画记号，惊叹号和问号也多,把书折角的地方更多,必是指错,一查便可呈露。为免篇幅过冗,不再一一录出。

我们再行披露钱先生写在书端的两次批语并附上原件照片:

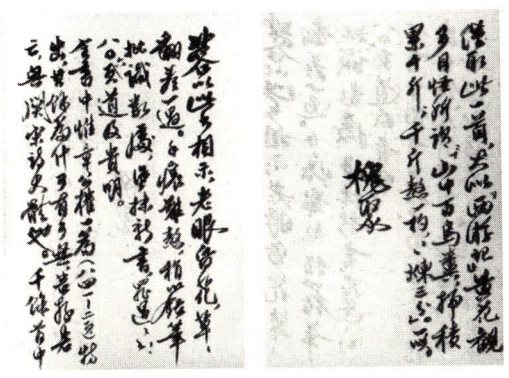

钱先生最后写道:

蓉以此书相示,老眼昏花,草草翻看一过。手痒难熬,稍以铅笔批识数处,涂抹新书,罪过罪过。八○六页道及贵明。

全书中惟章公权一篇(八四一——八四二页)特出,其余篇什可有可无,若存若亡,无关宋诗大体也。千余首中仅取此一首,大似《西游记》黄花观多目怪所谓:"山中百鸟粪,扫积累千斤;千斤熬一杓,一杓炼三分。"一哂。 槐聚。

由于是他所购的私人书籍,所以整篇批语早写在内封:

厉陆原书所列,作者大多有诗事见记载而宜补益,此编无只字词组之增,而另添新人之篇什。题名"续补","续"则有之"补"似未也。且用力劬而学养浅,故脍炙人口之宋人名篇亦未尝耳濡目染,却过信方志家谱之假托借光,张冠李戴,以为创获。厉氏于释氏偈语,只采其稍有诗意者,此则于《五灯会元》一书中偈语照单全收,令人笑来,却又于《会元》外,未涉其他禅林记载。

综观全书,可吟讽之章句,不过二三首,偌大垃圾堆中,竟无甚可检用者。宋诗有此无益,无此无损。可见求"全"之无谓矣。

对《宋诗纪事续补》,钱先生给予客观的评价,但也指出:"惟章公权一篇特出。"瑕不掩瑜,如今网络上该诗正同《续补》,有错字。现依《长江问对篇》原件校正并加"异文",亦有助于读者认准库本。

【原件】问长江:以汝卫南邦?北人遥想心已降。

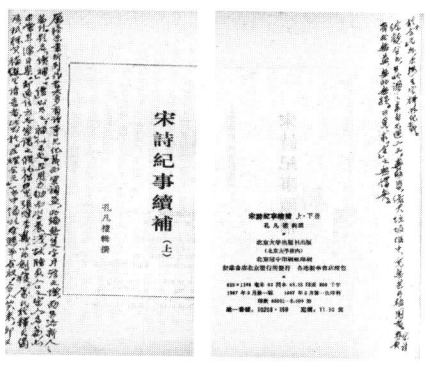

方今大势全倚汝，不知汝亦许不许。

国人皆悠悠，我心良独忧。

【异文】周人皆悠悠（四库本）

【原件】长城已坦道，黄河已安流。

淮边日夜风飕飕，汝今孤矣非昔比。

问汝若何真可倚？

长江对：壮尔南邦以吾在。

今来古往只东流，人世兴亡自更改。

句践临齐晋，刘裕入长安，项王北渡黄河西破关。

北方或可取，吾不为君阻。

赤壁中流皆丧兵，广陵望见波涛惊，瓜步欲渡说虚声。

【异文】赤壁中流曾丧兵（四库本）（嘉庆本）

【原件】南方长可守，吾独为君有。

吾之势，何但抵长城，长城今已平。

吾之力，可以当百万，百万昔尝散。

吾能限南北，不能输事力。

吾能鼓风涛，不能用英豪。

君不见，吴之末，陈之季，岂必斯时吾独异。

朝无政事国无人，乌有长江专可倚。

辱君有问答君知，正恐知之亦忽之。

【异文】止恐知之亦忽之（四库本）

烦君奉此献之国，索裘勿俟大寒时。

（《景定建康志》卷十八）

按：我们又依钱先生所标的校正处，言而有据。但现在采用的格式，源自钱先生所倡建的"中国古典数字工程"。（"中国"两字是修饰"古典"的，并不是装饰"工程"的。）

至此关于本书，该说的话已说尽，该转达的看法都已讲完。对待所有举错内容的严格遵守通则：一是任何情况之下均为硬错；二是该书所自定的规则可为错的部分。钱锺书为我们作出了无懈可击的批评。至于钱先生的一句定语，太伤人，姑且云云意会，不可文传。可惜存下的每本书上都有大量的文迹存在，机会多有，但在下不可逾越礼数一分一毫。

（六）钱锺书和《四库全书》

由数千文人参与编辑的《四库全书》，以版本、训诂、考据之学为核心，形成名震天下的乾嘉学派。各学者中最著名实际上也是乾隆器重的学者为戴震（字东原，1724年生）、惠栋（字定宇，1697年生）、王念孙（字怀祖，1744年生）和段玉裁（字若膺，1735年生），他们的著作依次是《尚书义考》《古文尚书考》《广雅疏证》《说文解字注》等。乾隆帝以他们和他们的学生为核心，一切以圣旨、御选为据，以明朝《永乐大典》为模板，以编辑出版大型古籍图书为方法，组成超过千人的学术队伍，在京城"全唐诗馆"和"四库全书馆"集中，用倾国之力，再造所谓"文脉"，最后出版巨型图书总集《四库全书》。可惜恰巧露出破绽。按钱先生看法，乾隆的无学，反而成就了纪晓岚的《四库全书总目提要》，当然必须还要存疑的是"伪书"说，因为其中多有乾隆的"圣意"。

要简单说明钱先生对《四库全书》以及清代学术主流的看法，有一种最方便的方法。长期以来，先生对此从不以为意，所以不可能为众人所关注。由随意之间，略窥先生旁侧一二小语，便可得其真传。这是深入了解先生的一条捷径。

《管锥编》说："乾嘉'朴学'教人，必知字之诂，而后识句之意，识句之意，而后通全篇之义，进而窥全书之指。虽然，是特一边耳，亦只初桄耳。复须解全篇之义乃至全书之指（'志'），庶得以定某句之意（'词'），解全句之意，庶得以定某字之诂（'文'）；或并须晓会作者立言之宗尚、当时流行之文风，以及修词异宜之著述体裁，方概知全篇或全书之指归。积小以明大，而又举大以贯小；推末以至本，而又探本以穷末；交互往复，庶几乎义解圆足而免于偏枯，所谓'阐释之循环'（der hermeneutische zirkel）者是矣 。"这可以说是对"朴学"最恰当的结语。

《管锥编》又说："有清乾嘉以还，学人作字，好准《说文》，犹徐铉之以小篆体为楷书、魏了翁之以小篆体为行书，施之于录写四六文、五七言律绝诗、长短句，聊示抗志希古。"

钱先生还在他的《围城》开端处写道："有考据癖的人，也当然不肯错过索隐的机会、放弃附会的权利的。"这条真实的预测，远超清代的学术成就。

到了崇洋派曹元朗口中，说起乾嘉学派，倒是活灵活现："你们弄中国文学的，全有这个'考据癖'的坏习气。诗有出典，给识货人看了，愈觉得滋味浓厚，读着一首诗就联想到无数诗来烘云托月。"

其实就科学研究范畴来说，如排除强权欲望和宗派习惯，最大的误区是把语境错置。他们有如站在文艺文化的房间里，来讲科学原则和方法；又如站在文物立场上，大讲文献的问题；更如站在文献立场上，谬托文物。一本古文献，本身难免不错，"有则改之，无则加勉"本来就是我们的优点，按清代的路数，则是一有不合，便成"伪书"。于是钱先生在建设"中国古典数字工程"时定下规则："对古籍'无证不疑，有证不惮改。'"免去疑古者劳心累体。

（七）钱锺书和《四库辑本别集拾遗》

改革开放以来，有人借助洋邦，盲目学样；有人依赖古旧，不得要领。为维护古文化研究的正确方向，1982年，在我完成了由先生指导十年的《永乐大典索引》之时，先生响应号召，再次亲自设题立项，乘胜再建《四库辑本别集拾遗》。而要寻求正确的文化研究方法，则必须依靠《永乐大典》这部索引。钱先生在该书成稿和出版过程中，做了精细的审批修改。在最后成书出版时，写道："贵明此辑心细力劭，撮拾无遗。《大典》景印本余曾经眼，今乃知忽略者多矣，益我殊不浅。匆匆阅一

《四库辑本别集拾遗》书影

过,校正句读误字数处,以还贵明,供其裁择。槐聚。"

这篇序言,我有成稿呈交先生,先生批改若此,客观来说,早应将文还归其主,但先生不同意说,"辛苦不寻常"。可我明白,辛苦不等于成果,更不能让"辛苦"署名。署名那是一时一事的表达。钱先生不断地发现这几句话被多次引用,曾说:"早知大家赞成,语气应该重一些。有利于前进。""你辛苦

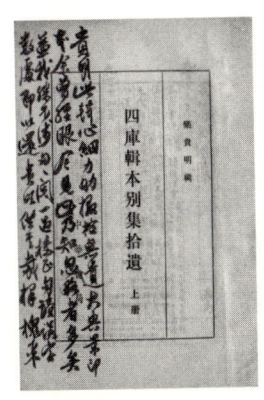

钱先生的批语

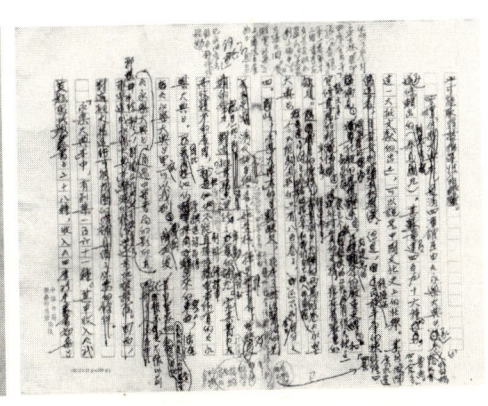

经过钱先生批改的"序言"一稿

了十年，得了这四句话，还有一个漏辑 28.8% 的数字。""《四库全书》的真相大白。"是钱锺书先生引导我走上学术的正路。

以上这本书算是我辛苦所得，那些话是必须说出来的。

（八）钱锺书和《老子集》

《老子集》是"中国古典数字工程"草创初期，由我草拟钱先生审定的，因此当时大家都将《老子集》称作"标准本"，当然包括纸版和数字两种，现只把简要的说明置之此文。

钱锺书先生一有论及《老子》，首推自己最为看重的王弼《老子注》。他说"文理最胜，行世亦最广"，同时指出，晋唐注家"各逞私意，阴为笔削。"对《老子》一书应"浣脂粉以出素面"，自己"欲洗铅华而对真质"。可"对真质"和"出素面"，已不可能——"吾病未能"也。钱先生在《管锥编》第二册开篇第一页写的这些话，是先生理想目标，当然也是"中国古典数字工程"的基础原则。

新编《老子集》，其底本取王弼所注《老子道德经》，以保存着古本的基本体貌；合校魏源勘定之《老子本义》，以相对集中历代《老子》研究和校订文本成果。

钱先生在这里并未按照惯例支持严可均和钱大昕，不同意他们推崇的"易州龙兴观本"。先生说该本"犹枯竹与朽骨耳"。特别指出在该本中"無"作"无"，正如"气"作"炁"、"归"作"皈"、"静虑"作"青心"等，均是"以立异示别于俗人书字者""不得概目为古字"。先生所说"俗人",当解为道士僧侣之对称。本次所奉新别集,多有佛道之涉,欲调节三教,原则非常重要。三者合归,必得十分恰当,不能有闻必录,又不宜主次颠倒。老子、庄子的时代恐宗教未就成型,不必为之预设。

顺此多征引些《管锥编》大有必要,因为先生大作中很少提及"文字版本校勘"问题,也有的人据此而误以为他不擅此道。在谈到"俗人"的时候,他笔锋一转说:"道俗之别,非古今之分也。以字之'从古',定本之今古,亦不尽慊。匹似有清乾嘉以还,学人作字,好准《说文》……聊示抗志希古。"钱先生写有关《老子》版本的那个时期,正值大兴"简化字"的那几年;他在抨击乾嘉学派同时,曲笔批评了简化字主张者所说,"简化"多"古字"云云。

钱先生接着指出,所谓校勘,只能"依文意而不依字体"。作为对西方深刻了解的先生指出"时有海外盲儒为《论语》削繁或吝惜小费人拍发电报之感"。他们将《论语》首章三十字,删去虚字十六,成了一节二丑之文:"学时习,说。朋远来,乐。不知,不愠,君子。"先生此节照例注明出处固定证据之后,毫不留情地冠以"狂疾"二字,极尽谐谑。紧跟其后,偶观"狂疾"患者,引《老子》第十章,将"乎"等字删除,对乞求古迹之怪现象,先生诘叹曰:"何缘得意忘言如此?岂别有枕膝独传,夜半密授乎?"经先生一一查对,王弼本六处均有"乎"字。古人多"貌从碑本而实据王本,潜取王本之文以成碑本之义"。此节道尽"狂疾"以伪充古的恶习。如今修古如旧,已成定规。其实古人修古,必为之新。此间心态,一读《管锥编》而迷惑顿解。

当今似更有甚者,有名曰"文言文"大兴,行文却忌转折、语气乃至全部虚词,反称"古文",诸大师忘记古代并无标点断句,遂致其新作古文离标点不可卒读之怪现状。先生常自嘲"人微言轻",至今不断呈现"狂疾"遗风,乃至愈演愈烈。遥想当时,钱公愤世嫉俗之语,跃然纸上,以致不断加证。真理往往掩埋于幽默戏谑之下,在给人深刻启示之余,又带来华文巧胜穷武的快意。

最后,钱师结语轻巧一转,更可博得一粲:"范氏掩耳椎钟,李逵背地吃肉,轩渠之资,取则不远。余初读《老子》,即受王弼注本;龚自珍有《三别好》诗,其意则窃取之矣,亦曰从吾所好耳。"

据此,新本《老子集》必排除干扰,其校字原则早为《隋志》《唐书》所载记,亦吾辈之所致力者也。

(注:《老子集》,存底本正文文本81节,6760字;补入"异文"584条,19870字;"附录"55条,4873字;"新辑"148条,15970字;"新辑附录"9条,1306字;"参存"49节,17170字。总计字数65949字,增加字数为59189字,增加了876%。)